Die Burg Wittlage auf einer Aufnahme aus dem Jahr 1928 mit ihren verschiedenen Bautrakten von Südwesten her gesehen..

Aus einer anderen Perspektive betrachtet die Burg Wittlage, ebenfalls 1928. Sie zeigt den Turm und das Turmhaus zusammen mit dem mauerumfassten Innenhof der Burg.

Wolfgang Huge

Unser Wittlager Land

Ein Geschichts-Lesebuch

Impressum

Bilder und Repros: Dr. Wolfgang Huge

Copyright © Dr. Wolfgang Huge 2013

Herstellung und Verlag:
BoD - Books on Demand, Norderstedt

ISBN 978-3-73224-518-5

Inhaltsverzeichnis

Vorwort	7
Die ersten Menschen im Wittlager Land	9
Der älteste Bohlweg der Welt	11
Jungsteinzeitliche „Hünengräber"	12
Rätselhafte Schnippenburg	14
Die Suche nach der Varusschlacht	17
Auf den Spuren von Karl dem Großen	18
Der Irrtum des Pastor Dökel	20
Pastor Rudolph und der Teufel	21
Die alten Ämter Wittlage und Hunteburg	24
Das Schicksal der Burg Rumpeshorst zu Wimmer	26
Das „Vierländereck" bei Büscherheide	27
Schutz und Trutz im Zeichen der Burgen	28
Vom fliegenden Jäger in den Bruchwiesen	30

Steinkohleförderung am Dörrel um 1786	32
Der Rote Pfahl	34
Ein Venner wurde Sherrif in der „Neuen Welt"	35
Der Anschluss der Wittlager Landes an die weite Welt	38
Das große Hagelunwetter von 1903	40
Scheipers „Stoffer" - ein Bohmter Original	41
Magarineproduktion in Lintorf 1907	43
HAKUMAG - Stromerzeugung aus Torf	46
Woher das Rabewerk seinen Namen hat	47
Ein Raketenpionier auf Arenshorst	49
Der Stein am „Born"	51
Die Wehrendorfer Dorfglocke	53
1954 wurden wir Weltmeister in Bad Essen	54
Die letzte gelbe Post im Wittlager Land	57

Vorwort

Die vorliegende Sammlung von Artikeln und Aufsätzen aus den Jahren 2010 bis 2013 trägt den Titel „Unser Wittlager Land - Ein Geschichts-Lesebuch". In einer Auswahl von unterschiedlichen Zeitungsartikeln, Reportagen sowie Internet-Beiträgen aus meiner Feder habe ich Schriftstücke zusammengetragen, die ich im genannten Zeitraum zu Einzelaspekten der Geschichte des Wittlages Landes verfasst habe. Insofern, insbesondere aber auch deshalb, da dies mein letztes Buch zur Regionalgeschichte des Wittlager Landes sein wird, hätte ich als Untertitel vielleicht besser „Mein Geschichts-Lesebuch" wählen sollen.

Dabei bin ich der Versuchung erlegen, möglichst viele kleinere und manche etwas größere Geschichten zu einem Buch zusammenzustellen, in dem man sich einen breiten Überblick über die unterschiedlichsten historischen Verwicklungen unseres Landstrichs machen kann. In mancherlei Hinsicht ist das Heftchen eine Fortsetzung meines Buches „Das Wittlager Land. Geschichten aus seiner Geschichte" von 2010, das sich inzwischen einer zweiten Auflage erfreut und hier eine inhaltliche Ergänzung findet.

Den entscheidenden Anstoß für das erneute Befassen mit der Geschichte meiner Heimatregion gab der ebenfalls 2013 erschienene Bildband „Das Wittlager Land auf alten Postkarten", das im Wittlager Kreisblatt kurz nach der Reihe „Wir im Wittlager Land" im Juni dieses Jahres vorgestellt wurde. Da sich darin fast ausschließlich Bilder mit Kurzbeschreibungen befanden, sollte es noch einmal ein Textband sein. Ein Lesebuch - ein Buch zum Lesen, in das sich ganz am Ende noch einige Bildseiten eingefügt haben, die Typisches des Wittlager Landes zeigen.

Einen wichtigen Impuls für die Realisation des Vorhabens bildeten meine Beiträge zu der besagten 2-monatigen Medienaktion unserer Heimatzeitung, in der an jeweils zwei Tagen pro Woche eine Ortschaft des Wittlager Landes ausführlich vorgestellt wurde. Der Serie durfte ich selbst 11 Beiträge zuliefern, die hier zum großen Teil enthalten sind. Weitere Aufsätze stammen von der von mir betreuten Internet-Seite „www.landkreis-wittlage.de", andere fanden sich zuvor als Einzelartikel in der Regionalpresse. Einige Beiträge schließlich erblicken in dieser Sammlung zum ersten Mal das Licht der Öffentlichkeit.

Und eine Anregung habe ich aufgenommen aus Gesprächen mit meinen Lesern. Da es sich hier nicht selten um Menschen handelt, die bereits mit altersbedingten Sehschwierigkeiten kämpfen, habe ich die Buchstabengröße in diesem Lesebuch auf die Schriftgröße 11 angehoben.

Als kleines Kind war es für mich immer spannend, wenn die Großeltern von den alten Zeiten erzählten, die Geschichten von früher, weit vor der damaligen Zeit. Später habe ich dann ein Interesse dafür entfaltet, wie die Siedlungsgeschichte des Wittlager Landes wohl ausgesehen haben mag. Und dann war da ja die immer noch ungeklärte Frage, was wir als Kinder dieser Region mit den alten „Hünengräbern" zu tun hatten, die uns im Schulunterricht näher gebracht wurden. Später kamen die Funde in Kalkriese zur Varusschlacht und in Ostercappeln zur Schnippenburg hinzu, und schließlich die Ausgrabungen zu den Bohlwegen im Moor. Das Wittlager Land zeigte sich als ein wahres El Dorado an archäologischen Sensationen. Und auch die spätere Geschichte hat etwas zu bieten. Etwa im Zusammenhang mit Karl dem Großen und Widukind, wobei wir hier zugegebenermaßen bereits die Welt der Sagen betreten.

Die wir natürlich auch bei Pastor Rudolph und dem Teufel oder dem fliegenden Jäger in den Bruchwiesen nicht ganz verlassen, um uns später geschichtlichen Ereignissen und Personen des Wittlager Landes zu nähern, die dem Reich des Tatsächlichen entstammen. So, in dieser Vielfalt, verstehe ich ein Geschichts-Lesebuch, das „Spiegelbilder unserer Heimat" zu liefern vermag, wie dies bereits die Autoren des viel geliebten ersten Heftes der „Wittlager Heimathefte. Band 1 - Sagen und Geschichten" im Auge hatten, ein Büchlein übrigens, das zum festen Bestand meiner Kindheitsliteratur zählte.

Bad Essen, im Sommer 2013

Dr. Wolfgang Huge

Die ersten Menschen im Wittlager Land

Von der Höhe des Wiehengebirges bis weit hinunter in die Moore und an die Ufersäume des Dümmers erstreckt sich das Wittlager Land. Wie eine Übersicht zu frühgeschichtlichen Siedlungsstädten des Landkreises Wittlage zeigt, liegt der Großteil der dazu gehörigen Funde oberhalb der 45 m Höhenlinie. Doch auch in den tiefer liegenden Moorgebieten fanden sich menschliche Spuren, wie die aus jüngerer Zeit stammenden Moorleichen aus dem Schweger Moor bei Hunteburg oder ein nicht sicher zu datierende Bohlweg durch das Schweger Moor und Dievenmoor von Hunteburg nach den Dammer Bergen. Sie sind wohl wie einzelne Funde an der Hunte und am Rande des Dümmers der Steinzeit zuzuordnen, in der Moorgebiete als Siedlungsboden bevorzugt wurden.

Im Venner Moor, an der Hunte und am Rande des Dümmers ließen sich Hinweise auf eine steinzeitliche Frühbesiedlung finden. Zu dieser Zeit wurden Moorgebiete als Siedlungsboden bevorzugt. Auch wenn diese nicht wie andernorts Spuren eiszeitlicher Menschen beinhalten, kann auch hier noch mit der Entdeckung von Einzelgeräten oder Rastplätzen altsteinzeitlicher Jägergruppen gerechnet werden, wie sie in Spahn bei Sögel oder im Dörgener Moor nahe Haselünne gefunden worden sind. Gleiche Geräte von der Glaner Heide bei Wildeshausen zeigen, dass die Rentier-Jäger diese Gebiete bereits in der Zeit zwischen 20.000 und 15.000 v. Chr. aufgesucht haben. Es ist daher nicht auszuschließen, dass Kulturhinterlassenschaften dieser Eiszeitjäger auch am Rande der Moore, auf den Dünenzügen im Großen und Venner Moor, an der Hunte oder am Dümmerrand noch entdeckt werden.

Sicher ist, dass die oben genannten Plätze von den Menschen der Mittelsteinzeit (um 4.000 v. Chr.) genutzt worden sind. In ihrer umherschweifenden Lebensweise als Sammler, Fischer und Jäger waren sie vollständig von ihrer Umgebung und dem abhängig, was die Natur ihnen zu bieten vermochte. Ihre Siedlungsplätze, gekennzeichnet durch oftmals Hunderte von kleinsten Feuersteingeräten aller Art, von der nadelförmigen Pfeilspitze bis zum gröberen Gebrauchsgerät aus Feuerstein, liegen daher ebenso auf den Dünenzügen in den Mooren und an den Rändern und besonders auf den Ufersäumen des Dümmers.

Die siedlungsgeschichtliche Bedeutung dieser Fundstellen ist nicht allein im Nachweis der Plätze selbst zu sehen, vielmehr gibt die kartographische Aufzeichnung der Siedlungsplätze den überzeugenden Nachweis, dass der Dümmer in der mittleren Steinzeit ein weitaus größeres Areal als heute bedeckt haben muss. Im Nordteil soll sich die Wasserfläche des Sees etwa zur Mitte zwischen der Hunte und der Straße Lehmbruch-Diepholz ausgedehnt haben.

Mit seiner Erweiterung nach Süden und Westen erreichte er etwa das doppelte Ausmaß seiner heutigen Wasserfläche. Aus diesem Grund liegen die mittelsteinzeitlichen Siedlungsplätze auch abseits der gegenwärtigen Uferzone.

Mit fortschreitender Verlandung und dem Rückzug des Wassers drang der Mensch in die vom Wasser freigegebenen Gebiete ein und hinterließ entlang der Hunte, im Ochsenmoor sowie im Großen Moor eine Reihe von Siedlungsplätzen, die der archäologischen Forschung ein ergiebiges Fundmaterial lieferten. Die Siedlungsflächen enthielten nicht nur die Reste der Mahlzeiten, die Knochen der Jagdtiere, die Reste der verzehrten Fische und zahlreiche Haselnuss-Schalen, sondern auch zahlreiche Hirschgeweihäxte, Knochen- und Feuersteingeräte und die zerbrochenen Töpfe mit spitzen Böden und einer Randverzierung, die durch aufgelegte Tonleisten mit Fingernageleindrücken hergestellt worden ist. Hier tritt erstmalig die Töpferei auf, wodurch die frühjungsteinzeitlichen Siedler, deren Lebensweise in vielem noch der der mittelsteinzeitlichen Sammler und Fischer geglichen hat, aus der mittelsteinzeitlichen Lebensform herausgehoben werden. Durch ihre Lebensgewohnheiten und ihre Topfformen sind sie mit den an der Westküste der Ostsee siedelnden Menschen zu vergleichen, die nach dem Hauptfundort als Ellerbecker bezeichnet werden. Mit dieser um 4000 v. Chr. anzusetzenden Siedlungsform begann sich der Übergang von der unsteten Lebensweise des Sammlers und Fischers zum sesshaften Bauern der Jungsteinzeit (4000—1700 v. Chr.) anzubahnen.

In der Jungsteinzeit trat die Wende ein, die dazu führte, dass die Menschen feste Häuser errichteten und zu Ackerbauern und Viehzüchtern wurden. Und in dieser Zeit wurde das gleiche Dümmergebiet, das schon vor den Menschen der Mittelsteinzeit aufgesucht und bewohnt worden war, nun auch von den

Menschen der Jungsteinzeit besiedelt. Und diese Menschen haben uns mit ihrer großen Megalithgräbern bei Darpvenne, Felsen, Driehausen sowie Haaren deutlich sichtbare Spuren hinterlassen. Und dass um den Dümmer herum auch während der Bronzezeit Siedlungen existiert haben, dafür sprechen Gefäßreste aus dem Dümmer, die der älteren Bronzezeit (1200 bis 800 v. Chr.) zuzuordnen sind.

Der älteste Bohlweg der Welt

Heute wissen, dass die erste Besiedlung des Hunteburger und Venner Raums weiter in die Geschichte zurück geht, als man früher einmal geglaubt hat. Die Ausgrabung von verschiedenen Bohlwegen südwestlich des Dümmers hat im Schweger Moor bei Hunteburg und in Campemoor bei Venne Spuren menschlicher Zivilisation zutage gefördert, die teilweise mehr als 6.500 Jahre alt sind.

So datiert der älteste in Campemoor freigelegte Bohlweg, der P 31, aus der Zeit um 4800 v. Chr., womit er zugleich der älteste derzeit bekannte Bohlweg der Welt überhaupt ist. Und ganz in der nähe liegt der zweitälteste, dessen Geschichte bis in das Jahr 4500 v. Chr. Geburt zurück reicht. Letzterer wurde erst 2004 in einer Länge von 200 Metern in einem seit 1991 laufenden archäologischen Programm entdeckt. Insgesamt sind damit allein in Campemoor 6 Bohlwege nachgewiesen, die einen langen Zeitraum menschlicher Anwesenheit im Moor dokumentieren.

Die Hölzer für den „jüngsten" Weg wurden nach der Bestimmung ihrer Jahresringe zwischen 2.890 und 2882 v. Chr. gefällt. Den Grund für die Häufung so vieler Moorwege dürfte wohl in der Tatsache gelegen haben, dass Bohlwege im Moor nur etwa eine Generation gehalten haben und danach aufgegeben worden sind. Zudem wuchs das Moor damals noch immer weiter an, so dass die vorhandenen Wege nach einigen Jahrhunderten komplett von neuen Moorschichten bedeckt waren.

Zu der Zeit, als der erste Weg entstand, gab es mehrere Sandinseln, die aus dem Moor herausragten und durch die Wege verbunden wurden. Auf einer dieser Sandinseln fanden die Archäologen Hinweise auf einen Lagerplatz von Steinzeitmenschen, die die Moorwege angelegt haben könnten. Der Lagerplatz steht offenbar in Beziehung zu weiteren 250 Siedlungsplätzen in der Umgebung des Dümmer, die inzwischen nachgewiesen sind. Auffällig ist, dass offenbar alle Wege entlang eines Sees ausgerichtet waren, in dessen Nähe die Siedlung lag. Zwei Wege sind dem Alter ihres Holzes nach etwa 3.700 v. Chr. angelegt worden. In der Regel besteht der Unterbau der Wege aus Birken-, der Oberbau (also die begehbare Ebene) aus Kiefernholz. Die Hölzer wurden in unmittelbarer Nähe geschlagen und sogleich verlegt. Hinweise darauf, dass die Wege auch mit Wagen befahren wurden, konnten die Archäologen bislang nicht finden, obwohl das Rad nördlich der Alpen seit etwa 3.500 v. Chr. bekannt war. Außer einem Kuhhorn wurden auf oder neben den Wegen bisher auch keine nennenswerten Funde gemacht.

Jungsteinzeitliche „Hünengräber"

Überall in Norddeutschlands finden sich merkwürdige Ansammlungen riesiger Findlinge. Manchmal kreisrund, manchmal in länglicher Form, nicht immer mit einem Deckstein. Mal sind sie von einem Erdwall umgeben - mal unter Boden, Moos und Blättern halb oder fast ganz verschüttet. Die Steingruppen haben Jahrtausende überdauert und zeugen von einer jungsteinzeitlichen Kultur im Norden - rund 3.000 Jahre vor Christus. Einige Beispiele solcher „Megalith-" = Steindenkmäler finden sich auch im Wittlager Land. Über ihren Namen und ihre Funktion wurde viel spekuliert. Was hat es mit diesen Steinanlagen auf sich, waren dies Grabkammer unserer Vorfahren?

Der volkstümliche Name „Hünengrab" oder niederdeutsch „Hunebedden" („Riesenbetten") verweist auf Objekte eines solchen steinzeitlichen Totenkults. In den aus Findlingen gebildeten Steingruppen könnten die Verstorbenen eine letzte Heimstatt gefunden haben. Allerdings haben Forscher selten Knochenreste in den Anlagen gefunden - und wenn überhaupt, dann niemals ein ganzes Skelett. Wie dem auch sei, in Driehausen, Darpvenne und Felsen zeugen heute noch einige dieser Anlagen von den Erbauern solcher etwa 5000 Jahre alter Hünengräber.

Das Großsteingrab Driehausen liegt inmitten von Feldern südwestlich von Schwagstorf. Durch seine abseitige Lage und relativ schlechte Erschließung steht es ein wenig zu Unrecht im Schatten der nicht weit entfernten Darpvenner Steine. Dabei weisen zwei der Decksteine auffällige Näpfchenbohrungen auf, denen eine rituelle Bedeutung im bronzezeitlichen Totenkult zuzusprechen ist. Die Grabkammer selbst, die sich zu den Enden hin verjüngt, ist insgesamt gut erhalten und wirkt besonders mystisch, wenn an einen kühlen, sonnigen Herbstmorgen Nebelbänke am Nordhang des Wiehengebirges entlang ziehen. Im 19. Jahrhundert sollen hier in einer Urne angeblich zwei römische Goldmünzen und einige Kupfermünzen gefunden worden sein.

Bei den Darpvenner Steinen handelt es sich um drei benachbarte Grabanlagen, die sich links und rechts der von Schwagstorf am Fuße des Wiehengebirges verlaufenden Landstraße finden.

Bereits 1807 wurden bei Grabungen an dieser Stelle reiche Funde in Form von Tongefäßen, Steinbeilen und Pfeilspitzen geborgen. Die optisch beeindruckendste Anlage liegt nördlich der Straße. Von der Grabkammer sind sechs der ehemals zehn Decksteine erhalten. Die Umfassung weist einige Lücken auf. Südlich der Straße liegen auf einer kleinen Anhöhe die Gräber II und III in nur wenigen Metern Entfernung. Die baumumstandenen Grabkammern sind kleiner als Grab I. Vor allem Grab III zeigt dabei mit überwiegend intakten Trag- und Decksteinen einen recht guten Erhaltungszustand.

Die Darpvenner Hünensteine bilden ein besonders interessantes Ausflugsziel, da ihre Außenanlage vor einigen Jahren neu hergerichtet worden sind mit Zäunen und Plätzen, die zum Nachdenken über frühere Kulturen einladen. Die als Kulturdenkmal eingestuften Darpvenner Hünensteine sind auch über den Arminiusweg von Porta Westfalica nach Kalkriese zu erreichen. Die Neugestaltung der jungsteinzeitlichen Grabanlage hat nicht nur deren Erlebniswert erheblich gesteigert, sondern auch die Zuwege zu den Gräbern gesichert. Mit der Neugestaltung der Anlage kamen Landschaftszaunelemente aus Weidengeflecht zum Einsatz, die heute mehr oder weniger aus der Landschaft verschwunden sind.

Auf dem Felsener Esch, einem ehemals fast vollständig von feuchten Niederungen umgebenen Sandrücken, liegen unmittelbar an der Bundesstraße 218 die Reste zweier Großsteingräber. Von hier fällt ein Blick auf ein weiteres, benachbartes Hügelgrab in unmittelbarer Nähe: ein vermutlich aus der Bronzezeit (2200 - 1200 v. Chr.) stammender Erdhügel, an dessen Nordrand des Areals beim Bodenabbau zahlreiche Urnen der jüngeren Bronzeit und frühen Eisenzeit (1200 - 500 v. Chr.) zum Vorschein kamen.

Rätselhafte Schnippenburg

Wenn im Herbst der Nebel aus den Niederungen steigt und sich der Nordhang des Wiehengebirges hinter einem Schleier versteckt, verschwindet die ganz in der Nähe der Driehauser Steine gelegene Schippenburg ähnlich wie die Insel Avalon im Dunstschleier der Nebelbänke. Hoch aufragende Bäume, mit Laub bedeckte Erdwälle, und eine entspannte Ruhe im Wald deuten auf nichts Ungewöhnliches hin. Und doch haben Menschen in der vorrömischen Eisenzeit hier, mitten im Wiehengebirge bei Ostercappeln, ihre Spuren hinterlassen. Heute gilt es als gesichert, dass es hier in einer Befestigungsanlage im Wiehengebirge oberhalb der Ostercappelner Krebsburg bereits zu einem länger andauernden Austausch von germanischer und keltischer Kultur gekommen ist.

Die Ortsbezeichnung „Schnippenburg", die den Ort des Geschehens heute bezeichnet, ist seit langem geläufig. Auch dass hier eine eigenwillige Wallanlage im Wald zu bemerken war. 1896 erfolgte ihre erste Vermessung durch den Heimatforscher Dr. Hermann Hartmann. Lange aber blieb unklar, aus welcher Zeit die Anlage stammte. Wegebauarbeiten berührten 1983 das Profil eines Walles, aus dem Holzkohle geborgen und wissenschaftlich (C-14-Methode) datiert werden konnte. Das Ergebnis: Die Schwagstorfer Anlage stammt aus der vorrömischen Eisenzeit, aus den Jahrhunderten vor Christi Geburt. Die Ausgrabungsarbeiten haben hier etwas zutage gefördert, was es in dieser Form bislang einmalig ist: In ganz Deutschland konnte zuvor keine Burganlage mit Opferplätzen aus der vorrömischen Eisenzeit nachgewiesen werden. Opferplätze sind allgemein kaum bekannt, da See- oder Mooropfer vorherrschten. Zunächst konnten hier Opfergruben mit den entsprechenden Funden von Bronzeschmuck, Perlen und Waffen belegt werden, und in einer späteren Untersuchungsphase zeigte sich gar, dass im Bereich der Schnippenburg auch Raseneisenerz aus der Gegend verhüttet und verarbeitet worden war. Dies erklärt auch die große Zahl von Eisenfunden, darunter die für die Schnippenburg charakteristischen Tüllenbeile. Eine Analyse der über 2000 metallischen Fundstücke brachte die Einschätzung mit sich, dass sich an diesem Ort die germanische und die keltische Kultur getroffen haben müssen.

Wer das Wort „Burg" hört, denkt zunächst an das Mittelalter. Doch war die Schnippenburg in Ostercappeln keinesfalls eine befestigte Burganlage, sondern lediglich eine eisenzeitliche Befestigung mit einem umgebenden Wällen und Holzpalisaden. Und diese lag an einer wichtigen Handelsroute, die den Kulturraum der Kelten im Süden mit Nordwestdeutschland verband. Wohl aus diesem Grund fanden sich auch im Umfeld der Schnippenburg viele Objekte, die von der Blütezeit der keltischen Kultur zeugen. Die meisten davon sind aus Eisen, aber auch Schmuck und Keramikgefäße sind unter den Fundsachen der Archäologen. Und wie es scheint, wurden manche der stark keltisch beeinflussten Fundstücke hier sogar vor Ort hergestellt. Wer allerdings die Menschen waren, die hier damals lebten und Handel trieben, davon berichten die Fundstücke nichts. Außer dass es sich um wohlhabende Zeitgenossen gehandelt haben muss.

Vom Reichtum zeugen die prächtigen Armreife, Ringe, Ohrringe, Glas- und Bernsteinperlen – sowie zahlreiche Objekte aus Eisen, das zum größten Teil aus der Ferne bezogen wurde. Viele der Funde stammen aus rituellen Niederlegungen und Opfergruben, weshalb die Forscher davon ausgehen, dass die Burg nicht nur ein zentraler Handelsplatz, sondern vor allem ein Kultplatz war.

Man vermutet, dass im Mittelgebirgsraum während der Eisenzeit im 6./5. Jahrhundert v. Chr. rund 300 solcher Burgen existierten. Doch ist in Norddeutschland keine Anlage so gut mit Fundstücken dokumentiert wie die Schnippenburg. 2010 schließlich bekamen die 2300 Jahre alten Ausgrabungsfundstücke ein eigenes Museum, das Interessierten diese Reste eiserner Werkzeuge, Waffen, Bronzeschmuck sowie eine Vielzahl von Keramikgefäßen und anderen Siedlungsfunden zusammen mit Erklärungen zur historischen Bedeutung der Schippenburg präsentiert. Spektakulär an der Schnippenburg ist vor allem, dass die Zusammensetzung der Funde in dieser Form bislang nur von keltischen Fundplätzen bekannt und in dieser Form in Nordwestdeutschland bisher einmalig ist. Für das Museum wurde das ehemalige Sparkassengebäude und frühere Haus Delfmann zur Verfügung gestellt, grundlegend saniert und umgebaut. Die hier untergebrachte Dauerausstellung knüpft von ihrem Design her an die vorherige Wanderausstellung an und wird so den Ansprüchen einer modernen Museumsgestaltung gerecht. Dabei ist es den Ausstellungsmachern gelungen, die geheimnisumwobenen Funde im direkten Umfeld des Fundplatzes auszustellen.

Insgesamt hat es den Anschein, als wenn es sich bei der Schnippenburg nicht allein um eine reine Siedlung mit ungeheurem Reichtum handelte. Offen blieb die Frage, ob es sich vorrangig um einen Opferplatz oder um ein Handelsareal

Die Mühlenanlage an der Hunte mit Stauwehr in Hunteburg, die größte Mühlenanlage des Wittlager Landes.

Die sagenumwobene Wimmer Mühle. Hier soll einst ein Müllergeselle einen Nebenbuhler erschlagen haben, der es ebenfalls auf die Tochter des Müllers abgesehen hatte.

mit Opferplatz oder um eine Befestigung für Fernhandelsbeziehungen mit Opferplatz gehandelt hat. Ebenso ungeklärt ist die Frage, ob die zwischen 278 und 258 v. Chr. erbaute Schnippenburg vorrangig als Verteidigungsanlage diente oder nur zufällig im Stil einer Burganlage errichtet worden war. Die Struktur der Wälle nämlich zeigte, dass es damals bereits wesentlich massivere Anlagen gab.

Auch wer die Anlage genutzt hat, und wer und warum die Befestigung in den Ausläufern des Wiehengebirges um 110 v. Chr. in Brand gesetzt und systematisch eingeäschert hat, bleibt bis auf Weiteres ein Rätsel.

Die Suche nach der Varusschlacht

Ganz in der Nähe liegt kurz hinter Venne ein weiterer Treffpunkt unterschiedlicher Kulturen. Gut 100 Jahre nach ihrer vermutlichen Brandschatzung zog Quinctilius Varus mit seinen Legionen nördlich der Schnippenburg vorbei, ohne zu ahnen, dass seine letzten Stunden angebrochen waren. Dies jedenfalls ist das vorläufige Resultat einer über 400 Jahre dauernden Suche nach dem Ort, an dem der Germanenführer Arminius die Römer in einer vernichtenden Schlacht besiegt hat. Denn mittlerweile spricht vieles dafür, dass mit der Kalkriese Senke das Gelände gefunden wurde, auf dem drei römische Legionen vollkommen aufgerieben wurden. Hierdurch wurde Arminius (sein deutscher Name war „Hermann, der Cherusker") zum ersten deutschen Helden. Mit diesem Sieg schaffte er eine historische Leistung und legte die Grenze des römischen Reichs auf die gallische Seite des Rheins fest. Germanien hatte erfolgreich allen römischen Versuchen getrotzt, in den das große römische Weltreich eingegliedert zu werden. Und offensichtlich war das Wittlager Land der letzte Landstrich, den diese Legionen durchzogen. Denn mittlerweile sieht es so aus, als ob die drei römischen Legionen in Kalkriese ihr Schicksal fanden.

1959 hatte der ehemalige Schulrat Blotenberg über die Schwagstorfer Landwehr berichtet, deren Nachzeichnung sich hinsichtlich örtlicher Lage und Gesamtausdehnung bis auf kurze Strecken als recht schwierig erwies. „Sie beginnt südlich des Cappelner Bruches. Nördlich davon wird sie in einer Länge von 2,5 km vom Bauern Hellbaum bis nicht ganz zur Elze vom alten Mindener Postweg begleitet. Ein bis in die neuere Zeit erhaltener Teil lag mit allerdings

123 Schritten auf der Heide zwischen Hellbaum und Thörner. Hier führte der alte Bremer Heerweg von Osnabrück über Icker kommend, auf Bauer Dürfahrt zu, so nach der sich hier befindlichen Durchgangslücke genannt. Der Thörner (Türmer) hat sicherlich einen wichtigen Wachtposten versehen. Reste des Grundgemäuers seines Turmes sollen noch in neuerer Zeit gefunden sein. Der Wehrwall biegt nun bald, sich dem Gebirge zuwendend, hinter der Elze um. In etwa 300 Meter Entfernung läuft er parallel zum Lutterdamm, um danach die heutige Kreisgrenze bei Kalkriese zu überschneiden und sich alsdann quer zum Barenauer Pass nach Norden in Richtung Vörden zuzuwenden." Genau diesen Durchgang zwischen Gebirge und Moor benutzten wiederum die Römer für ihre Züge in das Innere Germaniens. Zahlreiche Funde von römischen Gold- und Silberdenaren aus der römischen Republik und Kaiserzeit, auch in Depotfunden, schienen diese Tatsache zu belegen. Aus diesen Gründen hatte bereits der Historiker Theodor Mommsen, Forschers der römischen Geschichte, hier die entscheidende Varusschlacht vermutet.

Inzwischen steht an dieser Stelle das Museum Kalkriese, das die Ergebnisse von mehr als 20 Jahren archäologischer Ausgrabungen vor Ort zeigt: unzählige römische Waffen, menschliche Knochen mit eindeutigen Hinweisen auf tödliche Verletzungen, hunderte von Münzen aus der Zeit der Varusschlacht, eine freigelegte Wallanlage, sowie eine 1990 gefundene römische Gesichtsmaske.

Auf den Spuren von Karl dem Großen

Das Hunteburger Land am Südufer des Sees gehört zu den ältesten Siedlungsgebieten im Wittlager Land. Wann hier die ersten Ansiedlungen erfolgten, lässt sich nicht mehr genau feststellen, aber Leichenfunde im Großen Moor, die Entdeckung eines Bohlendammes und Funde römischer Münzen beweisen, dass dieses Gebiet schon lange vor der Zeit Christi bewohnt war. Und auch im Mittelalter, so scheint es, haben hier Menschen ihren Wohnsitz gehabt. So erinnern heute noch Flurnamen an die frühe Hunteburger Geschichte, so die „Karlshaar" und das „Karlsfeld", wo einst Karl der Große mit seinen Truppen bei seinen Zügen gegen den Sachsenherzog Widukind gelagert haben soll. Um die Christianisierung der Sachsen zu fördern, veranlaßte Karl der Große die Gründung des Bistums und der Stadt Osnabrück mit einer Dom- und Kathedralschule, aus der später das Gymnasium „Carolinum" hervorgehen sollte.

Seine Feldzüge sollen Karl auch zu einer Schlacht am Lehmsiek bei Ostercappeln geführt haben, wo er in einer Schlacht auf seinen Widersacher Widukind getroffen sein soll. Nach siegreichem Verlauf soll er dann den Bau einer Kapelle im Osten des Osnabrücker Bistums befohlen haben, um die herum sich ab 816 Kaufleute und Handwerker ansiedelten, wodurch letztlich die Ortschaft Ostercappeln entstand. Nach der Christianisierung gehörte Hunteburg zur Ostercappelner Pfarre. Lange Jahre mussten die Bewohner des Nordteiles des Wittlager Landes den weiten Kirchweg nach Ostercappeln antreten, bis schließlich in der Feldmark die erste Kapelle, das erste Gotteshaus in Hunteburg, entstand. Ein Priester aus Ostercappeln übernahm die Seelsorge.

Im 14. Jahrhundert wuchs die Bedeutung Hunteburgs durch den Bau einer Burg an der Hunte, die dem Ort den Namen gab. Nach 20-jähriger Bauzeit wurde diese „Stiftsburg", die als Schutz gegen die Ämter Vechta und Minden diente, um 1350 vollendet. Die ab 1324 erbaute Hunteburg hatte die Aufgabe, das Grenzgebiet des Hochstiftes Osnabrück gegen die Grafen von Diepholz zu sichern und außerdem die hier die Hunte überquerende Straße von Osnabrück nach Bremen gegebenenfalls zu sperren. Das Haus war aus Stein gebaut und von einem ausgedehnten Grabensystem umgeben, das von der alten Hunte gespeist wurde. Eine Steinbrücke aus dem Jahre 1424 führte zum Burghof. Sie ist neben einem halb eingeebneten Teil des Burggrabens an der Straße das einzige, was heute noch an die Ritterzeit erinnert.

Der Osnabrücker Bischof Diedrich von Hörn (1346 bis 1402) ließ hier an der Hunte 1401 schließlich eine Kapelle einrichten. Die Einwohnerzahl Hunteburgs nahm danach schnell zu, so dass sich der Bischof von Osnabrück entschloss, Hunteburg von Ostercappeln abzutrennen und hier 1492 eine eigene Pfarrei zu errichten. Noch im 15. Jahrhundert sollen die Hunteburger an der Stelle, an der sich heute die neue Kirche erhebt, das erste größere Gotteshaus in der Gemeinde errichtet haben. Gegen Ende des 16. Jahrhunderts verfiel die Hunteburg. Nachdem ein Sturm die Dächer abgedeckt hatte, wurde 1618 auf dem Landtag beschlossen, die Burg ganz niederzureißen. Während des Dreißigjährigen Krieges wurde der Ort zudem mehrfach von marodierenden Truppen heimgesucht, die schwere Zerstörungen anrichteten. 1633 waren es die Schweden, die in Hunteburg einzogen, die Burg besetzten, die Kirche anzündeten und den Pfarrer vertrieben. An dem Ort wurde 1725 unter Verwendung alter, starker Fundamente ein neues Amtshaus errichtet. Es ging 1883 in das Eigentum der Familie Brune über. Im Jahr 1931 ist das Hunteburger Amtshaus abgebrannt und danach durch einen Neubau ersetzt worden.

Der Irrtum des Pastor Dökel

Die ersten Orte des Wittlager Landes, die urkundliche Erwähnung fanden, waren 1068/1074 Essen, Wehrendorf und Bohmte. Doch Siedlungen gab es andernorts im Wittlager Land bereits vorher.

So lieferten Keramikfunde in Eielstädt im Sommer 1977 Hinweise auf eine dortige Siedlung aus dem frühen Mittelalter. Sie wurden entdeckt, als beim Errichten einer Mauer in einer Bodenverfärbung zahlreiche Tongefäßscherben ans Tageslicht kamen. Ungefähr 100 Meter Entfernung südlich der Durchgangsstraße nach Wittlage wurden bis 1980 mehrere Grabungen durchgeführt, um eine Fläche von ca. 1700 m2 archäologisch zu erschließen. Nach Abtragen der Humusdecke fanden sich weitere Verfärbungen im Boden, die sich als Hinweise auf Pfostenlöcher, Pfosten, Wandgräben und Gruben erwiesen. Aus dem Puzzle an Einzelinformationen ließen sich Grundrisse verschiedener Gebäude rekonstruieren, wie sie aus sächsischen Siedlungen Westfalens bekannt waren. Sie lagen in Ost-West-Richtung und hatten offenbar den Eingang an ihrer Nordseite zusammen mit einem Vorbau. Zudem wurde eine hölzerner Brunnenkasten freigelegt, dessen seitliche Bohlen im Grundwasser die Zeit überdauert hatten. Auch fanden sich Reste einfacher Herdstellen. Zur Datierung der Funde dienten vor allem die Keramikreste. Die Scherben von kugelförmigen Töpfen stammen aus dem 9. bis 11. Jahrhundert. Eisenstücke, Mahlsteine, Spinnwirtel und Webgewichte runden die Befund ab und belegen die menschliche Besiedlung noch deutlich früher als die ersten urkundlichen Erwähnungen von Siedlungen. Soweit sich die Grundrisse der Gebäude rekonstruieren ließen, handelte es sich um schiffsförmige Häuser mit leicht nach außen gebogenen Längswänden, die als Wohn- und Stallgebäude gedient haben dürften. Eine historische Einordnung des Fundes stellte bei den Gebäuden Ähnlichkeiten mit Ansiedlungen im benachbarten Westfalen fest; zur Herkunft der Siedler allerdings fanden sich keine Hinweise.

Ebenso gibt es einige Anzeichen für Siedlungen im Bereich der Angelbecker Mark, deren Christianisierung vom Bistum Minden her erfolgte, das seinerzeit von der Hunte bis in die Lüneburger Heide reichte und auch weite Teile von Engern und Ostfalen umfasste. Von dort her kamen die Missionare über den alten Hellweg, und

Oldendorf wurde zur Mutterkirche für die Kapellengemeinden Wimmer, Lintorf, Barkhausen und Rabber. So bildete die Hunte als Missionsgrenze zunächst auch die Grenze zwischen den Bistümern Osnabrück und Minden.

Wie lange die Hunte die Grenze zwischen den Bistümern Minden und Osnabrück gebildet hat, ist ebenfalls nicht mehr genau feststellbar. Barkhausen, Rabber, Lintorf und Wimmer jedenfalls werden als ursprünglich zu Preußisch Oldendorf gehörig gesehen, das bereits im Jahr 996 erstmals erwähnt wird. Nicht zuletzt deswegen hielt Pastor Dökel die Kapelle in Wimmer auch für das älteste Bauwerk des Wittlager Landes, das nach seinen Vermutungen „bis in die heidnische Zeit zurückreicht". In der Lintorfer Johanniskirche konnten im Inneren des Turmes steinerne Kapitelle aus den Jahren 990 bis 1010 festgemacht werden, eine Zeit, aus der auch die Kapelle in Wimmer stammen soll. Wie die Ausgrabungen in Eielstädt gezeigt haben, unterlag der Pastor aus Bad Essen bei seiner Vermutung nach den ältesten Siedlungsspuren im Wittlager Land offenbar einem Irrtum.

Pastor Rudolph und der Teufel

Das Dorf Venne ist Gegenstand so mancher Sage und Heimaterzählung. Im Zentrum der Überlieferung stehen die Geschichten rund um den Süntelstein. Was der mit dem Priester Rudolph und dem Teufel zu tun hatte, sei hier noch einmal in kurzer Form erzählt. Die Geschichten führen uns zurück in die Zeiten der Christianisierung und Missionierung des Osnabrücker Umlandes. Zu diesem Zweck war östlich Osnabrücks die Gründung einer auch für den Raum Venne zuständigen Kapelle oder Kirche in Ostercappeln vollzogen worden. Noch 1229 mußten die Venner den beschwerlichen Kirchenbesuchsweg nach Ostercappeln nehmen. Später kam es dann zu einer durch die Gemeinde verantworteten Kirchengründung in Venne. In zentraler Lage zu den bis dahin erschlossenen Siedlungsgebieten, an den Mühlenbachübergängen und im Schutze des dortigen Meyerhofes zu Venne entstand die der heiligen Walburgis geweihte Venner Kirche. Das Kirchspiel Venne fand 1273 die erste urkundliche Erwähnung.

Der Osnabrücker Historiker und Sagenforscher Ludwig Schirmeyer berichtet in seiner Geschichte vom „Priester Rudolph" über diese Zeit, da in Venne wohl eine kleine Kirche war, aber kein Priester am Ort. So kam jeden Sonntag ein Geistlicher aus Ostercappeln herüber, um die Meßopfer darzubringen. Es war der Priester Rudolph, dem diese Aufgabe übertragen war, ein ernster und sittsamer Mann, den den Vennern zuweilen die Leviten las. Dabei sagte er den Vennern manch bittere Wahrheit. Da er jedoch stets sehr beschäftigt und der Weg von Ostercappeln nach Venne weit und beschwerlich war, kam er oft zu spät zum Gottesdienst, was die Venner immer wieder aufs Neue verdross. Als er eines Sonntags wieder zu spät in Venne eintraf, stürzten einige Männer aus dem Wirtshaus, wo sie auf den Priester gewartet hatten, auf ihn zu und schlugen ihn zu Boden. Priester Rudolph wurde dabei so stark verletzt, dass er aus vielen Wunden blutete und noch am Ort des Geschehens verstarb. Seine Mörder führen entsetzt auseinander, und Angst und Schrecken erfasste sie für das, was sie getan hatten. Dem erschlagenen Priester wurde an der Kirche zu Venne ein Denkstein gesetzt. Darauf ist er abgebildet, und eine Inschrift mahnt: „Schreckliche Kunde! Hier hat ein Untergebener durch einen Schlag mit dem Schlüssel den Seelsorger getötet. So leb wohl, Priester Rudolph!"

Nach dieser Mordtat frohlockte der Teufel und schmiedete gleich einen Plan. Denn es ärgerte ihn über alle Maßen, dass der Christengott ihm seine Herrschaft streitig machte. Er glaubte, die Venner würden wieder vom Glauben abfallen, wenn sie nicht mehr in die Kirche gehen könnten. Dies führt zur „Sage vom Süntelstein" in einer Fassung von J. Sudendorf aus dem Jahr 1857, die erzählt, wie und warum der Teufel dann aus der Gegend verschwand. In der Zeit, als die erste Kirche in Venne gebaut wurde, hauste er noch im Vehrter Bruche jenseits des Berges, wo der Teigtrog und der Backofen desselben bis auf den heutigen Tag zu sehen sind. Wie gesagt, mißfiel ihm das heilige Werk des Kirchenbaues.

Um die Tür der Kirche zu sperren, holte er um die Mitternachtsstunde einen großen Granitblock, band eine dicke Kette kreuzweise herum und begann dann auf seinem Rücken ihn bergaufwärts zu schleppen Der Stein war aber so schwer, dass trotz seiner riesigen Stärke ihm doch recht höllisch heiß wurde. Manchmal blieb er stehen, um zu verschnaufen. Die Zeit verstrich inzwischen bis zum Grauen des Morgens. In dem Augenblicke, als er gerade oben am Berge ankam, schoss von Osten zu ihm herüber der erste Strahl der aufgehenden Sonne und ein wachsamer Hahn krähte vom Venner Tal herauf seinen Morgengruß. Da ging das nächtliche Walten des Teufels zu Ende. Wütend erfasste er den Stein am Kopfe und stieß ihn mit aller Kraft des in den harten Boden des Berges.

Seitdem, so heißt es, hat der Teufel die Gegend verlassen. Der Stein steht noch auf derselben Stelle, wo er in die Erde gestampft wurde; aber von dem gewaltigen Stoß hat er da, wo die Kette ihn umschloß, in der Mitte und von oben nach unten zwei durchgehende Risse bekommen. Auch sind die Spuren der Kette an den äußeren Rändern dieser Risse noch sichtbar, und an der nach Venne gekehrten Seite des Steins sieht man deutlich die Eindrücke von dem Körper des Teufels; denn die höllische Hitze seines Leibes hat den Granit geschmolzen, wo er ihn berührte.

An die Stelle des Teufels traten später die Hexen, die in Spökengeschichten wie der vom Mühlensiek ihr Unwesen trieben, das nicht weit von er Landstraße nach Engter lag. Durch den Hochwald, teilweise aber auch durch dichtes Unterholz plätscherte seinerzeit dort ein munteres Bächlein, das ein wenig waldeinwärts über ein altes Mühlenwehr rauschte. Die Mühle selbst war seit langem verschwunden, nur der Name war geblieben. Wenn nun um die Geisterstunde der Mond schien, galt es nicht als ratsam, den Weg durchs Mühlensiek zu gehen. Denn dann, so die Sage, saß auf dem Wehr eine alte Hexe, die mit geschickter Hand die Spule drehte und einen Faden spann. Niemand durfte sie bei dieser Arbeit stören. Wer sie anrief oder ihr zuschaute, war ihr verfallen. Immer wieder sollen ihre grünlich funkelnden Augen Wanderer mit unwiderstehlicher Kraft angezogen haben, so dass sie dem Zauberweib in ihren Schlupfwinkel folgten, von wo es kein zurück mehr gab.

Nicht nur der Wald, auch das Moor bei Venne wurde zum Schauplatz einer Hexengeschichte. In einer einsamen Schilfburg, so heißt es, lebte hier einst die Hexe Grimetto. Sie war jung und von seltener Schönheit. Die „Wittlager Heimathefte" erwähnen sie in der Geschichte „Der Moorbauer". Dort heißt es ihre Mutter, die mit ihr im Moor gehaust habe, hätte ihr die Scheu vor den Menschen mitgegeben und sie allerlei Zauberkünste gelehrt. Nach ihrem Tod blieb die junge Hexe im Moor, wo sie einen Jüngling kennenlernte, der sie in das Dorf führte, um sie zu heiraten. Als der Vater des jungen Bauers dies jedoch verhinderte und Grimetto vom Hof jagte, trat ein Fluch über das Leben des jungen Bauers. Nach einem Jahr heiratete er eine andere Frau. Sein erstes Kind starb bei der Geburt, und auch die nächsten fünf Kinder, die noch kamen, blieben nicht am Leben. Sein Vater starb, dann sein Frau, und schließlich blieb er einsam und allein. Am Ende starb er bei einem Unfall, als im Moor seine Pferde scheuten und er unter den Wagen geriet

        - alles nur das Werk der Hexe ?

Die alten Ämter Wittlage und Hunteburg

Die Ereignisse, die im frühen 14. Jahrhundert zur Erbauung der Burg Wittlage 1309/13 und der Hunteburg 1324 geführt haben, sind uns nicht eindeutig überliefert. Es scheint jedoch so zu sein, dass die Anlage der beiden Burgen im Zusammenhang mit Streitigkeiten zwischen Osnabrück, Minden, Ravensberg und Diepholz zu sehen ist, die damals nördlich des Wiehengebirges immer wieder zu Auseinandersetzungen führten. Dabei ging es letztlich um die territoriale Ausgestaltung und Abgrenzung ihrer sich überschneidenden Herrschaftsansprüche. In diesen Kämpfen spielten Burgen als militärische Sicherungspunkte wie als Ausgangspunkte landesherrlicher Macht eine bedeutsame Rolle. Im Verlaufe dieser Auseinandersetzungen soll im Süden bei Barkhausen die mindensche Burg Ravenstein zerstört worden sein, an deren Stelle die Burgen auf dem Limberg und in Wittlage traten. Mit der Erwerbung des Limberges schoben sich die Ravensberger 1325 hier endgültig zwischen die Stifte Minden und Osnabrück. Auf der anderen Seite sicherte Osnabrück mit der Errichtung der Wittlager Burg 1309/13 nicht nur seinen alten Besitz links der Hunte, sondern erwarb von hier aus auch die Kirchspiele Lintorf und Barkhausen hinzu. So kamen diese beiden Kirchspiele, obwohl Osnabrück dort weder Gerichts- noch Grundherrschaft besaß, seit dem 14. Jahrhundert politisch zum Hochstift Osnabrück hinzu. Kirchlich verblieben sie jedoch im Bistum Minden. Erst die Neuordnung der Verhältnisse im Gefolge der Reformation führte dazu, dass Osnabrück in der ersten Hälfte des 17. Jahrhunderts beide Kirchspiele auch kirchlich an sich binden konnte.

Wie die Grafen von Ravensberg im Süden, so schoben sich auch die Edelherren von Diepholz im Norden nahe der Osnabrücker Diözesangrenze in den Mindener Raum vor. Ihr Ziel waren die Stemweder Kirchspiele. Um das Jahr 1316 erbauten sie hier die Burg Lemförde, und zwar nördlich neben der Burgstelle des 1296 zerstörten Stürenberges, einer gemeinschaftlichen Anlage von Minden und Osnabrück aus der Mitte des 13. Jahrhunderts. Osnabrück dürfte zu dieser Zeit auf dem Stemwede keine eigenen politischen Ziele mehr verfolgt haben. Es hatte seine alten grundherrlichen Rechte, die es dort besessen hatte, inzwischen fast gänzlich aufgegeben. Die neue Burg der Diepholzer mag jedoch Veranlassung zum Bau der Hunteburg 1324 gewesen sein, eine Anlage, die den Zugang ins Stift auf der Heerstraße Bremen – Diepholz - Osnabrück an östlich des Dümmers verlaufenden Route sichern sollte. Diese Absicht bildete schließlich das Motiv einer weiteren Ausdehnung des Einflussbereichs über die alte Huntegrenze hinweg. Osnabrück beanspruchte in der Folge die Holzgrafschaft über den Meyerhöfener Teil der Dielinger Mark und zog diese Bauerschaft auch politisch an sich. Kirchlich zählte Meyerhöfen allerdings noch bis 1896 zur Pfarrstelle in Dielingen.

Die beiden Burgen wurden in der Folgezeit, wie alle übrigen im Stift, über ihren ursprünglichen Zweck hinaus auch zu Verwaltungssitzen. Ihre Befehlshaber übernahmen die Leitung der bischöflichen Güter in ihrem Bezirk und damit auch die kirchenvogteiliche Niedergerichtsbarkeit. Zugleich erwuchsen aus der Verbindung von hoheitlich-militärischen und mit domanial-richterlichen Aufgaben die Ämter als untere Verwaltungsorgane. Dabei kam es im Wittlager Land mit seinen zwei Burgen 1360/76 zu einer verwaltungsmäßigen Zweiteilung. Diese ordnete dem Amt Wittlage, das als solches erstmals 1357 genannt wird, die Kirchspiele Essen, Lintorf und Barkhausen zu. Das Hunteburg, erstmals 1378 erwähnt, erhielt die Kirchspiele Venne und Ostercappeln, zu dem auch Bohmte und Huntebürg gehörten. Von Beginn an blieb jedoch ein verwaltungsmäßiger Zusammenhang beider Amtsbezirke bestehen, nicht zuletzt wegen des gemeinsamen Gogerichts in Ostercappeln, das 1505 aus den Händen derer von Bar in bischöflichen Besitz überging und als Untergericht bis zu seiner Auflösung im Jahre 1805 für beide Amtsbezirke zuständig blieb. Schon 1556 wurden Wittlage und Hunteburg einem gemeinsamen Drosten unterstellt, und seitdem blieben sie in Personalunion verbunden. Für die verwaltungsmäßige Einheit des Raumes bedeutete dies allerdings noch nicht allzu viel, denn die Drosten von Wittlage und Hunteburg betreuten in der Regel noch ein drittes Amt, meist Grönenberg (Melle). Seit 1628 fungierte für Wittlage und Hunteburg nur noch ein gemeinsamer Rentmeister, in dessen Händen auch die praktische Verwaltungsarbeit lag. Damit waren die beiden Ämter, wenn auch formell die Zweiheit aufrechterhalten wurde, de facto vereinigt. Sitz des Doppelamtes war Wittlage, das am 16. April 1885 auch Sitz des preußischen Landkreises Wittlage wurde.

Die Zugehörigkeit zum Stift Osnabrück zog das auch das Wittlager Land in dessen politische und kriegerische Schicksale hinein. Insbesondere wurde es Durchmarsch- und Kampfgebiet in den Auseinandersetzungen mit den östlichen Nachbarn, so 1361 und 1436, als die Osnabrücker am Holzhäuser Bach und bei Ostercappeln von den Mindenern und deren Bundesgenossen geschlagen wurden. In diese Zeit fielen viele Fehden und Streitigkeiten, die jedoch für die politische und territoriale Entwicklung ohne größere Bedeutung blieben.

Das Schicksal der Burg Rumpeshorst zu Wimmer

Die Burg Rumpeshorst wurde Überlieferungen zufolge im Jahre 1061 zum ersten Mal urkundlich erwähnt. Damals wurde sie als „Rumpenhorst" bezeichnet. Das Wort "Rumpenhorst" erläutert er als zusammengesetzt aus dem Familiennamen Rump und dem Grundwort Horst. Horst bedeutete früher einmal soviel wie Strauchgewächs, ehemaliger Niederwald, von dem nur noch Baumstumpfe und Gestrüpp übrig sind. Eine Horst war ursprünglich ein gepflegter Wald, den die Jäger nutzten um darin zu Jagen, weil sie dort frei reiten konnten. Der Wirtschaft dienten die Horste zudem als Schweineweide. Solche Horste gab es im Flachland der Angelbecker Mark viele.

Die Rumpeshorst soll, wie fast alle Burgen des Osnabrücker Landes, eine Wasserburg gewesen sein, und wie damals fast alle Wasserburgen nur recht klein und bescheiden. „Frei stand sie in der weiten Ebene, rund gebaut, verfügte über einen Beobachtungsturm in der Mitte und Wohn- und Wirtschaftsgebäude rund umher", heißt es in den schriftlichen Aufzeichnungen von Dr. Heinrich Maßmann. Die Anlage sei von einem Plankenzaun umgeben gewesen, und die Burggräben hätten ihr Wasser von der so genannten Alten Hunte und der Beke, eine alte Bezeichnung für den Wimmer Bach, erhalten. Wer der ursprüngliche Erbauer der Burg gewesen ist, blieb unbekannt. Später war sie dann im Besitz des weit verbreiteten Ministerialgeschlechts von der Horst, die im Bruchlande nördlich des Wiehengebirges zu beiden Seiten der Hunte ausgedehnten Besitz hatten. Dieses Geschlecht von der Horst besaß noch Ende des 14. Jahrhunderts das Freigrafenamt im Amt Wittlage.

Zu Beginn des 13. Jahrhunderts besaß der Ritter Helmbert von Manen (1200-1243) die Freigrafschaft auf der Angelbeke als sächsisches Lehen. Er vererbte sie auf seine Nachkommen, auf das Geschlecht der von der Horst. Dietrich von der Horst, 1273 als Freigraf zu Wimmer erwähnt, wurde am 27.1.1279 von König Rudolf von Habsburg mit der Freigrafschaft „inter Angelbeke et Wiseram" (zwischen Angelbeke und Weser) belehnt. Die Angelbeke ist die Hunte, die auf ihrem Oberlauf auch diesen Namen führt. Doch schon 1348 wurde die an Wittlage vorbeifließende Angelbeke auch als Hunte urkundlich erwähnt. Andererseits hieß es noch um 1500 „Wimmer up der Angelbeke".

Zu Beginn des 14. Jahrhunderts fanden mehrfach Kämpfe zwischen Osnabrück, Minden und Ravensberg statt. Dabei ging es in erster Linie um den Besitz der Burg Reineberg bei Lübbecke. Auf Grund alter Verträge hatte der Bischof von Osnabrück zu einem Drittel Besitzrechte an dieser Burg. In dieser Zeit wurden auf beiden Seiten hart an der Grenze Burgen errichtet. Sie dienten einmal als Rückendeckung und zum andern als Ausfallstore zur Eroberung der Nachbargebiete. So ließ der Bischof von Osnabrück, Engelbert von Weihe (1309-20), am Helweg, der alten Heerstraße von Osnabrück nach Minden, die Burg Wittlage errichten. Die Grenze zwischen Osnabrück und Minden bildete die Hunte. Die Kirchspiele Lintorf und Rabber-Barkhausen gehörten damals noch zu Minden. Auch auf dieser Seite wurde jetzt von Minden aus eine Burg errichtet. Es war die Burg Ravensten (Rabenstein) auf einem Berge bei Barkhausen. Sie lag der Burg Wittlage gewissermaßen gegenüber. Der Rabenstein hat nur eine kurze Lebensdauer gehabt und ist bereits in den Kämpfen zu Beginn des 14. Jahrhunderts wieder zerstört worden.

In den 40er Jahren des 14. Jahrhunderts trat der Kampf zwischen Minden, Ravensberg und Osnabrück in seine entscheidende Phase, die schließlich eine endgültige Gebietsabsteckung der Angelbecker Mark an das Fürstbistum Osnabrück zur Folge hatte. In diesen Grenzkämpfen wurde im Jahre 1346 auch die Burg Rumpeshorst durch den Bischof von Osnabrück und den Grafen von Ravensberg und Diepholz zerstört. Der Bischof von Osnabrück gewann die beiden Kirchspiele Lintorf und Rabber-Barkhausen und verzichtete dabei wahrscheinlich auf seinen Anteil an der Burg Reineberg zugunsten der Grafen von Ravensberg.

Das „Vierländereck" bei Büscherheide

Etwas abgelegen ganz im Südosten des Wittlager Landes liegt im Eggetal auf einer Höhe von 133 bis 215 Metern überr N.N. die Ortschaft Büscherheide, erstmals 1464 als Bosseheide in den Osnabrücker Geschichtsquellen erwähnt. Damit zählt Büscherheide zu den höchstgelegenen Dörfern des Wiehengebirges insgesamt. Ursprünglich soll es sich hier um eine späte Rodungssiedlung des

Weilertyps mit zunächst nur zwei Höfen gehandelt haben. 1772 besaß die Ortschaft laut der damaligen Volkszählung 8 Höfe, und 1821 waren inzwischen 19 „Feuerstellen" mit 94 Einwohnern verzeichnet. Ungefähr in diese Größe hielt sich die Ortschaft auch bis zur Mitte des 19. Jahrhunderts, als 1858 dort 18 Wohngebäude mit 86 Bewohnern Erwähnung fanden. Büscherheide gehörte jahrhundertelang dem Fürstbistum Osnabrück an und war zu dieser Zeit dem Amt Wittlage zugeordenet.

Das Besondere an seiner Lage war, das der Ort gleichzeitig an vier politische Grenzen stieß. Zum einen lag es im Fürstbistum Osnabrück als letzter Ort des Amtes Wittlage direkt nördlich der Grenze zum Amt Grönenberg. Im Osten hingegen hatte Büscherheide sowohl eine gemeinsame Grenze mit dem Füstentum Minden und der Grafschaft Ravensberg im Südosten. Aus dieser Lage heraus ergaben sich immer wieder Unstimmigkeiten und Streit über die Zugehörigkeit der Ortschaft. Das Fürstentum Osnabrück betrachtete Büscherheide als zum Bistum Osnabrück gehörig, während Börninghausen-Eininghausen und damit die restlichen Dörfer des Eggetals, zur Grafschaft Ravensberg gehörten. Eine definierte Grenze zwischen den Orten gab es jedoch nicht. Erst im Jahre 1557 wurde ein Grenzvertrag geschlossen, der die lang andauernden Grenzstreitigkeiten beheben und eindeutige Verhältnisse schaffen sollte.

Am 22. Oktober 1557 kamen die Räte und Verordneten beider Territorien in Büscherheide zusammen, um einen Vergleich zu schließen. Der größere Teil von Büscherheide mit den Bossehöfen und den Köttern wurde dem Fürstbistum Osnabrück zugeschlagen, und ein kleinerer Teil fiel der Grafschaft Ravensberg zu. Danach wurden die Grenzsteine neu gesetzt. Dabei kam der östliche Teil von Büscherheide zu Eininghausen hinzu. Kirchlich gesehen gehörte Büscherheide bis zum Jahre 1821 dennoch zum Kirchspiel Börninghausen, danach war es bis 1895 nach Barkhausen eingepfarrt, um anschließend wieder Börninghausen zugeordnet zu werden.

Schutz und Trutz im Zeichen der Burgen

Die Wittlager Burg kann heute auf ein mehr als 700-jähriges Bestehen zurückblicken. Und diese wird auch heute noch von dem massiven Turm des einstigen Burgkomplexes wirkungsvoll verkörpert, in früheren Zeiten weithin sichtbares

Wahrzeichen von Macht und Verwaltung. Ihre Geschichte führt zurück in das Fürstbistum Osnabrück des 14. Jahrhunderts, das damals noch auf schwachen Füßen stand. Seine Stiftsburgen sollten nach allen Richtungen hin Schutz und Trutz bieten. Und so versuchten die Osnabrücker Bischöfe als Landesherren von der etwa 1309 errichteten Burg Wittlage aus ihre Position nach Osten gegenüber dem Bistum Minden (und wohl auch gegenüber der Grafschaft Ravensberg mit der Burg auf dem Limberg) zu halten oder zu stärken. Schon damals führte die Straße nach Minden nördlich des Wiehengebirges an der Burg vorbei. Aber Wittlage war von den sieben Stiftsburgen nicht die einzige, die auf dem Gebiet des Altkreises Wittlage stand. Die andere war die Stiftsburg an der Hunte, Hunteburg. Sie hatte die gleichen Aufgaben gegen Diepholz zu erfüllen wie Wittlage gegen Minden. Während das Amt Wittlage schon 1353 einen Amtmann besaß, wird das Amt Hunteburg erstmals 1378 in Urkunden genannt. Die Stiftsburg Hunteburg war 1324 zum Schutze der Straße nach Bremen eingerichtet worden.

Das Schicksal beider Ämter, Wittlage und Hunteburg war schon lange Zeit eng miteinander verknüpft, bevor sie 1885 mit der neuen Kreisordnung zum Landkreis Wittlage im Regierungsbezirk Osnabrück zusammengelegt wurden. Bewegte Zeiten, Belagerungen und sogar Eroberungen haben beide Stiftsburgen des öfteren erleben und überstehen müssen. Im Dreißigjährigen Krieg wurde die Burg Wittlage mehrmals besetzt und geplündert. Nachdem 1650 die Schweden Wittlage räumten, erlangte die Burg keinerlei militärische Bedeutung mehr. Stimmungsvoll umrahmt heute noch der alte Burggraben den Baukomplex, von dem der rund 30 m hohe Wehrturm glücklicherweise erhalten blieb. Er besitzt ein Gemäuer bis zu 3,5 m Stärke und im Unter- und ersten Obergeschoß Tonnengewölbe. Auch die Hunteburger Stiftsburg hat so manche Geschichten erlebt, vor allem im 15. Jahrhundert, als sie häufig verpfändet wurde. 1442 war sie Schauplatz eines tapferen und listigen Schauspiels. Als die Burg von Truppen des Mindener Bischofs besetzt worden war, belagerten die Osnabrücker sie vergeblich. Die tapferen Widerstand leistende Besatzung wollte man offensichtlich aushungern. Doch sie entkam in einer regnerischen und stürmischen Winternacht. Einer der Eingeschlossenen hatte, durch eine Wasserpflanze getarnt und versteckt, an mehreren Tagen im Burggraben hockend oder stehend das Vorhaben der Belagerer und den günstigen Augenblick zum Ausbruch genau erspäht. Im 16. Jahrhundert verfiel die Burg langsam, und sie wurde bald abgerissen. Der Wehrturm, dessen Fundament 1884 bei Grabungen westlich vom Amtshaus gefunden wurde, soll erheblich kleiner gewesen sein als der der Burg Wittlage.

Die bischöfliche Stiftsburg Wittlage wurde 1309 am Übergang der alten Heerstraße über die Hunte in Sichtweite des Wiehengebirges angelegt, wozu sich ein Vorwerk und zwei Höfe gesellten. Trotz des Amtssitzes hat sich um die Burg in Wittlage nie eine bürgerliche Siedlung entwickelt. Im 16. Jahrhundert zählte die Burg 10 Burgmannssitze. Anders verlief die Entwicklung in Hunteburg, wo sich am Übergang über den Elzebach oberhalb seiner Mündung in die Hunte ein Dorfes mit überwiegend Gewerbe treibenden Bewohnern entstand. In die gleiche Zeit fällt die Entstehung der meisten Rittersitze. Im Amt Wittlage waren dies Rumpeshorst, Hünnefeld, Ippenburg, Wimmer und Krietenstein, im Amt Hunteburg Schwege, Streithorst, Borgwedde, Krebsburg, Wahlburg, Arenshorst und Ovelgönne, das aus einer älteren Burganlage in Bohmte hervorgegangen ist.

Die noch heute stehenden Gebäude vermitteln einen Eindruck von dem ehemals beträchtlichen Umfang der Wittlager Burg. Das Wasser der Hunte umfloss den gesamten Komplex. Der Torbogen hinter der ehemaligen Zugbrücke ist noch heute der einzige Zugang zur Stiftsburg. Deren Grundkonzeption als eine von den Wassergräben umgebene Verteidigungsanlage ist heute noch klar zu erkennen. Eine Brücke mit Torbogen führt in den inneren Burgbereich. Kern der Anlage war der 32 Meter hohe Bergfried mit 7 Geschossen, von denen 3 überwölbt sind. Ursprünglich grenzte an den Turm die zweigeschossige Wohnung, in dem später ein Teil der Kreisverwaltung ihren Sitz finden sollte. Das gegenüberliegende ehemalige Amtshaus wurde von Bischof Ernst August II. 1726/28 errichtet. Das bäuerliche Fachwerkhaus von 1750 in der ehemaligen Vorburg dokumentiert noch heute die alte Ordnung einer Trennung zwischen Herrenhaus und Wirtschaftsgebäuden im inneren und äußeren Burgbereich. Das im 18. Jahrhundert erbaute langgestreckte Amtshaus mit dem hohen Mansardendach wurde, als die Burg ihre Aufgabe als Festung endgültig verloren hatte, noch im gleichen Jahrhundert zu einem Verwaltungssitz des Osnabrücker Fürstbistums umgebaut, der 1885 zum Sitz der Kreisverwaltung werden sollte.

Vom fliegenden Jäger in den Bruchwiesen

Vor langer Zeit standen da, wo heute schmucke Dörfer den Rand der Haldemer Berge säumen, einsame, niedrige Katen. Sie duckten sich unter schiefem

Strohdach tief an die nasse Erde. Heide und Bruch, sandige Schilfinseln und binsenreiche Tümpel dehnten sich weithin, eine arme Landschaft. Der Fleiß des Bauern hat aus ihr saftige Wiesen und fruchtbare Äcker geschaffen. Hier war der fliegende Jäger häufiger Gast. In stürmischen Nächten, besonders aber zur Mittwinterzeit, jagte er mit seiner laut heulenden Meute wilder Hunde durch die Luft. Schaurig scholl dann über die weite Bruchfläche das dunkle „Tuh-tuh-tuh" seines Hornes. Oder war es der Mund des fliegenden Jägers, der diese Laute ausstieß? Die Menschen duckten sich ängstlich in die Winkel ihrer Hütten, wenn die Jagd vorüber brauste. Niemand wagte, zu dieser Zeit seine Behausung zu verlassen, wenn es auch noch so dringend sein mochte.

Einstmals hatten sich mehrere Männer über diese Erscheinung unterhalten und sich ihre Nöte geklagt. Nur einer von ihnen, ein starker, flinker Mensch, der den Kopf hoch trug und den Teufel nicht fürchtete, wie er laut prahlend rief, erbot sich, dem fliegenden Jäger zu begegnen. Er wolle ihm schon zeigen, wer hierzulande die Macht habe. Die Warnungen der besorgten Freunde schlug er in den Wind.

Als wieder einmal eine wilde Nacht sich auf die Erde senkte, machte der Bauer sich auf und nahm Posten in einem Wäldchen nahe dem Wege, der an den Hütten entlang führte. Er verbarg sich hinter einer dicken Eiche und wartete. Da erscholl wieder das dumpfe Blasen, die Hunde kläfften, es war ein mordsmäßiges Geschrei. Zugleich fingen die Bäume an, sich zu rühren, es war, als ob ein. scharfer Wind ihre Kronen schüttele. Nun war die Horde herangeprescht. Der Bauer hatte sich vorgenommen, wenn wirklich Not am Mann sein sollte, als letztes Mittel ein Kreuz zu schlagen, damit der Spuk verschwinden müsse. Bevor er seine Hand aber noch dazu erhoben hatte, spürte er einen heftigen Schlag, der ihn zu Boden warf. Dann sauste die Jagd über ihn hinweg. Lange lag der Kühne so, von Entsetzen gelähmt. Endlich vermochte er sich aufzuraffen. Aber seinen Sinnen schwindelte es noch immer, und nur schleppenden Ganges gelang es ihm, zu seiner Hütte zu kommen.

Dort starrte ihm seine Frau in das von Schreck und Schmerzen aschfahle Gesicht, wagte aber kein Wort zu sagen. Sie dachte sich wohl, was geschehen war und fürchtete weiteres Unheil, wenn sie es besprechen würde. Der Mann aber suchte still und gebrechlich sein Lager auf, war lange hin kränklich und bedrückt, und als er seine frühere Kraft zurück gewonnen hatte, schien es den Leuten, als sei er „vom Strich", wie man dann wohl sagte.

Seitdem hat nie jemand wieder dem fliegenden Jäger entgegentreten mögen. Auch andere Zeichen, die man nicht zu deuten wusste, wurden früher in jener Gegend bemerkt. In dunklen Nächten glaubten viele, die unterwegs waren, auf den Heidewegen eine Laterne gesehen zu haben, die keines Menschen Hand trug und die doch hüpfend des Weges entlang wanderte. Wer sie sah, hütete sich, ihr zu begegnen, und in weitem Bogen suchte er so schnell wie möglich das schützende Dach seiner Behausung zu erreichen. Jeden Donnerstag aber hörten die Einsamen jenes Landstriches eine Hexentrommel schlagen, wie sie es nannten. Aus dem Trommeln aber konnte man die Worte entnehmen „Düwe, Düwe, dupp, den Dönnerdag herupp". An diesen Abenden hielten sich die Kinder ängstlich zu Hause, um nicht die schreckliche Musik hören zu müssen.

So barg die Heimatnatur jener Zeit für die Menschen nicht nur Geheimnisse, sondern auch lebhaft empfundene Gefahren, die man in einer jenseitigen Welt vermuten zu müssen glaubte. Ob heute, ohne dass jemand davon etwas verlauten lässt, überall die Furcht vor den Dämonen des Dunkels geschwunden ist? Wir wissen es nicht. Immer wird das Menschenherz Rätsel aufgeben.

Steinkohleförderung am Dörrel um 1786

Im Wittlager Land liegen einige Lagerstätten von Steinkohlen. Weithin bekannt ist, dass sie in Bohmte zeitweilig abgebaut wurden. Die besagten Schichten von Wealdenkohle, die vor 5 Millionen Jahren in der Kreidezeit entstanden sind, sind im Untergrund des nördlichen Vorlandes des Wiehengebirges verbreitet. Teilweise enthalten sie mehrere Steinkohlenflöze.

Die ersten Initiativen aber, im Wittlager Land Bergbau zu betreiben, gehen auf den Versuch der Kohleförderung am Dörrel in Dahlinghausen zurück. So spricht eine Akte im Staatsarchiv Osnabrück von einem „seit mehreren Jahren nicht mehr betriebene Steinkohlenbergwerk bey Lintorf", das bereits zu Zeiten der Regierung von Ernst August II., Fürstbischof zu Osnabrück (1716-1728), erstmals betrieben worden sein soll. Obwohl es damals einen spürbaren Mangel an Holz zum Heizen gegeben haben soll, dauerten die Überlegungen, am Dörrel Kohlen zur Feuerung zu fördern, bis zum Beginn der 1780er Jahre (StAOs, Rep. 116 I Nr. 5432, Nr. 5437). Den Anstoß dazu soll schließlich „ein

Ungar, Namens von Demjirn" gegeben haben, der sich 1782 mit glaubwürdigen Zeugnissen über seine bergbaulichen Kenntnisse bei der damaligen Regierung gemeldet habe, um eine Konzession für den Bergbau zu bekommen, die ihm auch die Anlage von Zechen und Schmelzöfen erlaubte.

Eine solche Erlaubnis bekam er schließlich, allerdings beschränkt auf die Gewinnung von Steinkohle. Da es ihm an den nötigen Finanzmitteln fehlte, wurde eine Gesellschaft gegründet, um „das Werk eines neuen Kohlenbaues am Dörrel mit ihm gemeinschaftlich zum gemeinen Nutzen zu Stande zu bringen". Bis zum Frühjahr 1786 hatte die aus vier Privatpersonen bestehende Gesellschaft mit dem berühmten Osnabrücker Volksaufklärer und Staatsmann Justus Möser an der Spitze soweit vorangetrieben, dass nunmehr ein Stollen angelegt werden konnte.

Die Kosten dieses Unterfangens wurden damals auf mehr als sechs tausend Taler veranschlagt. Auch gab es ernsthafte Bedenken, ob sich das Vorhaben betriebswirtschaftlich rechnen würde. So sicherte sich die Gesellschaft von Beginn an ausgedehnte Privilegien, was die ausschließlichen Schürf- und Gewinnungsrechte in großen Teilen des Fürstentums Osnabrück betraf. Nicht nur, dass ihnen nach der Verleihungsurkunde des Bischofs Friedrich von York vom 7. Oktober 1786 eine freigebig bemessene Schonfrist von zehn Jahren bewilligt wurde, darüber hinaus sollten diese zehn Freijahre erst dann ihren Anfang nehmen, wenn bei jedem Bau sich eine reine Ausbeute ergeben haben würde.

Gegen 1790 konnte der „Möser-Schacht" vollendet werden, und in den folgenden Jahren folgte „ein regelmäßiger und erweiterter Betrieb des Baues" …, „sodaß man jährlich 9.000 bis 16.000 Ringel Kohlen förderte". Einem Ringel entsprachen 1,1829 Scheffel bzw. 61,1145 Kilogramm, was auf eine maximale Jahresförderung von knapp 1.000 Tonnen Steinkohle schließen lässt. Allerdings geriet die Kohleförderung gegen 1799 ins Stocken, und es bestand nach Auffassung des damaligen Bergwerkvorstehers, Leutnant Falkmann, wenig Hoffnung, noch weiter in nennenswertem Umfang Kohlen aus dem Dörrel gewinnen zu können. Zwar sollen noch einige Nebenstollen getrieben und mit dem Hauptstollen in Verbindung gesetzt worden sein, was eine erneute Kohleförderung ermöglichte, doch stellten sich bereits 1803/ 1804 erneut Schwierigkeiten ein. Zwischen 1806 und 1811 wurde der Stollen dann nochmals aktiviert, doch konnte die Förderung nie mehr auf ihr früheres Ausmaß hinausgedehnt werden.

Der Rote Pfahl

Die wichtigsten Verbindungwege im alten Amt Wittlage nach Melle und Osnabrück führten als Passstrecken durch das Huntetal bei Barkhausen, durch die Kalbsiekschlucht und die Straße über den Wehrendorfer Berg nach Schledehausen. Aufgrund der starken Steigung auf der Wegstrecke vom Kalbsiek hinauf bis zum Kamm des Wiehengebirges wurden von der Poststation am Eingang zur Schlucht gegen ein Entgeld Vorspanndienste angeboten, die die fremden Wagen bis oben auf die Höhe des Bergzuges hinauf zogen. Der Endpunkt dieser Wegstrecke, auf denen die Poststation Unterstützung bot, war sichtbar mit dem „Roten Pfahl" gekennzeichnet, von wo aus die Gespanne dann bergab ohne zusätzliche Zugkraft weiter ziehen konnten. Noch heute steht an der betreffenden Stelle auf dem Weg von Linne nach Buer ein roter Pfahl, um diesen Teil der regionalen Verkehrsgeschichte wach zu halten. Der in der Nähe abzwiegende Weg nach Rattinghausen heißt seit alters her „Roan-Pauls-Weg".

Es waren die Jahre 1843/44, als die Pass-Straße zu einer festen Steinstraße ausgebaut wurde. Um die Kosten für den Ausbau wieder herein zu bekommen, bewilligte die Regierung die Erhebung einer „Kommunal-Weggeld-Barriere". Nun wurde der Eingang zur Schlucht mit einer Schranke verbunden, und der Schlagbaum öffnete sich erst, wenn das entsprechende Wegegeld gezahlt war, von dem ein Anteil vom 12 Prozent beim Betreiber der Schranke verblieb.

Zu seinen Aufgaben gehörten die Kontrolle des Weges, die Ausgabe von Wegezetteln, die Bedienung des Schlagbaums sowie die Wartung der Laterne am Wegehaus. Am Ende des Jahres hatte er eine Abrechnung der Wegegebühr bei der Rechnungslegung im Amt Wittlage durchzuführen.

Seinerzeit betrug diese Gebühr pro Reit- und Lasttier 3 bis 4 Groschen, und für ein Zugtier mit Gespann wurde 6 bis 8 Groschen pro Zugtier fällig. Aus der Rechnungslegung für das Jahr 1845/46 erfahren wir, dass in diesem Zeitraum 383 vierspännige, 372 dreispännige, 3852 zweispännige und 3987 einspännige Fuhrwerke die Straße benutzt haben, und dass damals Dienstfuhren, Dienstreisen und Kirchenfuhren ebenso zurückkehrende Lehrfuhren und Anlieger von der Wegegebühr befreit waren.

Eine Schrifttafel am „Roten Pfahl" informiert zu dessen Geschichte. Danach verlief hier, bevor die Pass-Straße durch das Huntetal angelegt war, eine der Hauptverkehrsstrecken, die vom norddeutschen Flachland ins Westfälische führte. Bis ins erste Viertel des 20. Jahrunderts hinein waren es vor allem Bremer Kaufleute, die sich der Vorspanndienste auf dem Pass bedienten. Dafür hielt am Fuße des Passes der Gasthof Kaase Pferde bereit, die übrigens auch der Postkutsche auf den Berg hinauf halfen. Der Vorspann endete an einem zwei Meter hohen roten Pfahl, an den die zugeliehenen Pferde angebunden wurden, um auszuruhen, bevor sie sich auf den Heimweg machten.

Ein Venner wurde Sherrif in der „Neuen Welt"

Langjährige Studien haben es an den Tag gebracht. Aus Venne sind in den Jahren von 1830 bis 1900 über 2.000 Menschen in die USA ausgewandert, um in der neuen Welt ihr Glück zu finden.

Dies haben Auswertungen von Udo Thörner ergeben, der die Zahl der Auswanderungsfälle aus Ostercappeln und Schwagstorf in diesem Zeitraum auf zusätzliche 3.000 schätzte. Insgesamt sollen damals über 90.000 Menschen das Osnabrücker Land in Richtung „Neue Welt" verlassen haben. Auch aus Bad Essen, Wehrendorf oder Bohmte stammten die Auswanderer, wie ein Blick in Auswanderungsverzeichnisse zeigt. Während sich die meisten anderen Auswanderungsforscher mit der Frage beschäftigen, warum diese Menschen ihre Heimat verlassen haben und wie sie die weite Reise nach Amerika überstanden haben, hat sich der Venner Heimatforscher die Frage gestellt, was aus den Auswanderern und ihren Nachfahren in Amerika geworden ist.

Dazu jedoch ist viel Arbeit in Archiven und Quellen notwendig. Schließlich lassen sich verlässliche Aussagen dazu nur machen, wenn die Namen der Auswanderer bekannt sind und in Erfahrung zu bringen ist, wo sie abgeblieben sind. Eintragungen in Kirchenbüchern und die Durchsicht alter Unterlagen zur Auswanderung aus Deutschland sowie zur Einwanderung in die USA haben ebenso Spuren hinterlassen wie alte Friedhöfe in der Vereinigten Staaten von Amerika.

Aufzuspüren sind sie zum Beispiel in der Deutschen Auswanderer-Datenbank im Auswanderer-Museum Bremerhaven. Deren Ziel ist die Erfassung aller

Passagierlisten der Auswandererschiffe, die im Zeitraum von 1820 bis 1939 von vornehmlich deutschen Häfen aus die Vereinigten Staaten von Nordamerika angelaufen haben. Bei diesen Passagierlisten der Auswandererschiffe handelt es sich um handschriftliche Dokumente in Formularform, die in unterschiedlicher Qualität überliefert sind, da in manchen Fällen die Qualität der Papiere zum Teil auch stark beeinträchtigt ist. Eine weitere Quelle bieten die Kirchenbücher und Volkszählungslisten vor Ort. Sofern sie umfassend erhalten geblieben sind, lässt sich für ein Kirchspiel einwandfrei klären, wie viele Personen hier auswanderten.

Für Venne hat Thörner in 16 Jahren knapp 2.000 Personen gezählt. Den Ausgangspunkt seiner Suche bildete die in einem Kirchenbuch verzeichnete Auflistung des Venner Pastors Stüve mit 637 Namen von Familien und Einzelpersonen (1874), abgeschrieben von der Pfarramtssekretärin Sigrid Küper (1980). Dieses Verzeichnis lieferte den Ausgangspunkt einer biographischen Datensammlung, die eben besagte 2.000 Einwohnern aus Venne nachweisen konnte, die ihre Heimat zwischen 1830 und 1900 Richtung USA verlassen haben.

So stellte sich zugleich die Frage, wohin es diese Menschen verschlagen hat, und wie sie und ihre Nachfahren gelebt haben, und was sie vom einstigen Leben in Venne mit in die neue Heimat genommen haben. Es waren bestimmte Städte in den USA, die im 19. Jahrhundert für viele deutsche Einwanderer zur neuen Heimat wurden, so Chicago, Minneapolis, St. Louis, New York oder Cincinnati. Letztere galt sogar als „Hauptstadt" der Auswanderer aus dem Osnabrücker Land, in der viele ansässig wurden oder zumindest doch zeitweise dort lebten. Weniger im Rampenlicht der Betrachtungen von Auswanderungsforschern steht hingegen die Stadt Buffalo am Eriesee im Staat New York, die Thörner mit seiner Frau persönlich besuchte. Buffalo war für die meisten Einwanderer nur Zwischenstation auf ihrer Reise nach Westen. Die wenigsten blieben in der Hafenstadt hängen. Ohnehin verliefen die großen Einwandererströme weiter südlich: vom in den 30er bis 50er Jahren wichtigsten Einwandererhafen Baltimore über die Appallachen, Anfangs zu Fuß, später über das kombinierte Kanal- und Eisenbahnnetz, weiter nach Westen auf Cincinnati zu.

In Buffalo stießen die Thörners in der „Public Library", der öffentlichen Bibliothek, auf als deutsche Besucher auf eine reichhaltige Auswahl an Quellen, die über mikroverfilmte Kirchenbücher und Friedhofsverzeichnisse, Indices hierzu, Adreßbücher, Familiengeschichten, Bibliographien, Volkszählungslisten und Atlanten bis hin zu wohl gehüteten Zeitungsausschnittsammlungen reichte.

Und so fanden sie dort etwa im Kirchenbuch der Deutschen Lutherischen Dreifaltigkeitskirche „Holy Trinity" allein 40 Angaben über Einwanderer u.a. aus Bohmte, Venne, Rabber und Vehrte, Belm und Neuenkirchen bei Melle.

Solche Kleinarbeit leisteten die Thörners nicht nur in Buffalo. Auch in Pittsburgh, Allegheny City, Cincinatti, Sauers, Holland (Indiana), Holstein (Missouri), St Louis, Kansas City und natürlich auch in Venedy fanden sie nicht nur Spuren der Auswanderer aus Venne, sondern auch deren Nachfahren.

Zum Beispiel über Adolf Hermann Sielschott (1835 – 1895) aus Vorwalde, Kirchspiel Venne. Er kam am 09.10.1854 an Bord der „Hansa" in New York an. Über seine bemerkenswerte Karriere im Städtchen Beardstown, Cass County, Illinois (etwa auf halbem Weg gelegen zwischen St. Louis und Chicago) berichtet eine zeitgenössische Biographie mit dem unvermeidlichen amerikanischem Pathos: „Wagemutig machte er sich sogleich auf den Weg nach Westen und erreichte Beardstown im Herbst des selben Jahres [1854]. Er entschied sich hier zu bleiben und hier begann er mit nichts als einer 5-Dollar-Goldmünze in der Tasche das Leben, das ihm und der ganzen Stadt so viel Gutes gebracht hat. Er suchte nicht lange nach einer angenehmen Arbeit. Da er bestens mit der Landwirtschaft vertraut war, nahm er eine Arbeitsstelle auf einer Farm an. Es gelang ihm, ein gewisses gesellschaftliches Ansehen zu erwerben. 1876 wurde er von einer großen Mehrheit in das Amt des Sheriffs gewählt und bewährte sich darin so gut, dass er mehrfach wiedergewählt wurde und somit ununterbrochen für zehn Jahre im Amt blieb. Unmittelbar darauf wurde er zum Kämmerer des Landkreises (county treasurer) bestimmt, ein Amt, das er vier Jahre bis 1890 bekleidete. In das Jahr 1889 fiel die Gründung der First State Bank of Beardstown und Herr Sielschott wurde zu ihrem Präsidenten gewählt. Unter seiner klugen Leitung prosperierte die Bank und ist heute [1892] eine der reichsten Banken des Staates. Zusätzlich zu den 14 Jahren, in denen er die bedeutsamen Ämter des Sheriffs und des Kämmerers bekleidete, diente er der Stadt Beardstown fünf Wahlperioden als Bürgermeister. Geschäftlich war Mr. Sielschott ein wichtiger Förderer vieler Unternehmungen, von denen die wohl bedeutendste die Konstruktion der schönen Brücke war, die bei Beardstown den Fluss Illinois überspannt."

Herausgefunden hat er auch, dass es ein Dorf in den USA gibt, für das Venne zum Namensgeber wurde: „Venedy" in Washington County. So heißt es zur Gründung des zweiten „Venne" auf der anderen Seite des Ozeans: „Das Jahr 1837 gilt in Venedy als Gründungsjahr des Ortes, weil Gerhard Heinrich

Brockschmidt aus Venne als erster deutscher Siedler in Washington County im Februar 1837 von der Familie Kinyon deren Farm mit 80 acre Land kaufte. Die Kinyons selbst hatten 1826 zu den ersten Siedlern in Washington County überhaupt gehört und zogen nun weiter nach Missouri."

Der Anschluss des Wittlager Landes an die weite Welt

Am 17. Juni 1868 wurde in Berlin eine für das Wittlager Land und insbesondere für Bohmte folgenreiche Entscheidung getroffen. Denn an diesem Tag wurde die Cöln-Mindener-Eisenbahn-Gesellschaft zu Cöln damit beauftragt, die Planung ihrer Strecke zwischen Osnabrück und Bremen über Ostercappeln, Vehrte, Lemförde und Diepholz nunmehr in die Tat umzusetzen.

Zum Ende des Jahres war das Planfeststellungsverfahren für die Strecke abgeschlossen, und der Landschaftsrat Dr. jur. Meyer aus Bad Essen wurde mit den Grundstückskäufen für das Bauvorhaben beauftragt, so dass 1869 die Bauarbeiten beginnen konnten. Das Bahnhofsgebäude von Bohmte entstand 1871/1872, und zum 1. Juni 1873 wurde der Verkehr auf der zunächst nur eingleisigen Strecke aufgenommen. Zum 1. Juni 1874 folgte die Vervollständigung der Gesamtstrecke von Venlo bis Hamburg. Das 1872 fertiggestellte Bahnhofsgebäude ist übrigens der älteste Ziegelsteinbau Bohmtes, der die Verwendung von Holzfachwerk und Bruchsteinen ablöste.

Die Gleisanlagen des Bohmter Bahnhofs bestanden ursprünglich aus einem Durchfahrtgleis, einem Überholgleis und einem Ladegleis für den Güterverkehr. Da sich der Verkehr auf der Strecke gut entwickelte, folgte zwischen 1881 und 1884 der Fertigstellung des zweigleisigen Ausbaus. Eine Erhebung aus den Jahren 1885/86 hat uns eine Dokumentation von Zahlen des Bohmter Bahnverkehrs hinterlassen, denen zufolge 15.404 Personen vom Bohmter Bahnhof abreisten, während zeitgleich 15.105 in Bohmte ankamen. Zunächst hielt der Zug zwischen Osnabrück und Bohmte nur in Vehrte. Die Stationen Ostercappeln und Belm kamen erst später hinzu.

Mit dem Bau des Bahnhofsgebäudes wurde auch die Post aus dem Ort in die Nähe des neu errichtete Gebäude verlegt, und zwar zunächst in das Selingsche Haus an der Bremer Straße 7. Und auch dort wurden die Posträume bald zu klein, und es entstand am Bahnhof 1886 zunächst der Gasthof „Zur Post", in den der Postbetrieb zum 1. Oktober des Jahres verlegt wurde. Es war der aus Wissingen stammende Postmeister Heinrich Rahe, auf dessen Antrag hin die Postdirektion ihre Räumlichkeiten in das neu erbaute Gebäude umziehen ließ.

Als Postmeister Rahe 1900 nach Emden versetzt wurde, kaufte Ernst Kleinschmidt den Gasthof zur Post und ließ nur zwei Jahre später das neue Postamt erstellen. 1902 folgte der Umzug der Post in den Neubau des Kaiserlichen Postamts, und die Umgebung des Bahnhofs gewann mit diesem Gebäude und dem Hotel Seling ein völlig neues Gesicht, so wie es auf alten Postkarten überliefert ist.

Bohmte hatte einen zweiten Ortskern bekommen, der in den Folgejahre rund um den Bahnhof wachsen sollte und von Verkehr und Handel lebte. Am 10. Juli 1908 eröffnete die Sparkasse des Kreises Wittlage in Bohmte im Gasthof „Zur Post" ihre erste Niederlassung. Bis zum Juli 1914 führte sie ihre Geschäfte in ein paar Zimmern des Gasthofes, dann baute sie vis-a-vis eine eigene Geschäftsstelle – das Haus, in dem heute die Bohmter Verwaltung ihren Sitz als Rathaus hat.

Zur weiteren Erschließung des Wittlager Lands wurde 1900 die Wittlager Kreisbahn mit ihrer Verbindung zwischen Bohmte und Heddinghausen-Holzhausen ins Leben gerufen. Mit der Eröffnung dieser Bahnlinie trat im gesamten Verkehrsleben des Kreises Wittlage ein großer Wandel ein. Die Postkutsche, die zuvor noch unterwegs gewesen war, stand nun still, und das lustig durchs Land klingende Horn des Postillons war verstummt. Die romantische Gemütlichkeit früherer Zeiten wurde durch den technischen Fortschritt abgelöst. In gut 17 Monaten war die Bahnlinie fertiggestellt und waren an den Haltestellen in Pr. Oldendorf, Dahlinghausen, Lintorf, Rabber, Wittlage, Bad Essen und Wehrendorf Stationshäuser mit Wartebereichen errichtet worden. Und für Bohmte ergaben sich durch den Anschluss an das Eisenbahnnetz für Handwerk, Handel und Industrie und schließlich auch für den Ort selbst günstige Entwicklungsmöglichkeiten.

Nach und nach folgte weitere Ausbau der Gleisanlagen im Bereich des Bohmter Bahnhofs, so durch die Verlängerung der Überholgleise für den Personenverkehr, die Errichtung von Stellwerken. 1914 schließlich folgte die Eröffnung der Bahnlinie nach Damme, wodurch auch Hunteburg an das Schienennetz angeschlossen werden konnte.

Das große Hagelunwetter vom 29. Juni 1903

Am 29. Juni des Jahres 1903 zogen gegen 14.00 Uhr dunkelgelbe Wolken von Mönkehöfen her über den Berg auf Bad Essen zu. Schon von weitem war sichtbar, dass sich eine außergewöhnliche Wetterfront auf das Wittlager Land zu bewegte. Dann deuteten drehende Windbewegungen auf einen unmittelbar bevorstehenden schweren Sturm hin. Die unheimliche Front kam näher und näher. Während das Wehrendorfer Feld und die Essener Rötekuhlen verschont blieben, zog das Unwetter über den Ort Bad Essen, Eielstädt, Hüsede, Kalbsiek und Linne nach Lintorf und von dort aus weiter zur westfälischen Grenze.

Jüngere Bäume bogen sich dermaßen, dass sie mit der Baumkrone den Boden fegten, größere wurde komplett entwurzelt, vorgeschädigte Bäume brachen auseinander, und der Hagel zerschlug so manche Scheibe. Für insgesamt sechs Minuten brach ein Unwetter los, an das man sich noch über 100 Jahre später erinnern sollte.

Der Pfarrchronik des Bad Essener Pastors Friedrich Siegebiel verdanken wir die Erinnerung an dieses außergewöhnliche Ereignis. Wie er in seinen Aufzeichnungen berichtet, machte er sich gut eine halbe Stunde später in Richtung Kalbsiek auf. Was er zu sehen bekam, überstieg seine schlimmsten Befürchtungen. „Auf dem Kirchplatz lagen mehrere von den großen Linden ... Zwischen Essen und dem Pflegehaus lagen die großen Bäume wie verschüttete Streichhölzer übereinander ... Am Pflegehaus hatten zwei stürzenden Bäume Dach und Fenster zerschlagen, vor der Leuchtenburg hatten sich zwei prachtvolle Linden so über die Straße gelegt, dass Kantor Wallis mit einem Leichzug (Kemnades Kind) hier hatte wieder umkehren müssen. In Eielstädt sah ich die ersten abgedeckten und zerfetzten Dächer, kaum eine heile Fensterscheibe an der Wetterseite, die Straßengräben bis oben hin voller Hagelstücke, nun noch durchweg von der Größe einer Walnuß. Und wie sahen die Felder aus: Es war ja dicht vor der Ernte; aber was da gestanden hatte - Roggen oder Hafer - war nicht mehr zu erkennen, alles glattgewalzt wie eine Tenne".

Der Kern des Wirbelsturms war über Linne nach Lintorf weitergezogen und hatte auch hier schwere Verwüstungen mit sich gebracht. Die Ernte des Jahres war zum großen Teil hin, und kaum jemand hatte die Ernte gegen Ausfälle versichert. An einen solchen Hagelschlag konnten sich auch die ältesten Leute nicht erinnern. Um die Not zu lindern, nahm sich Pastor Sagebiel, der vom 31.01. 1894 bis zum 30.09. 1934 in der St.-Nikolai-Kirchengemeinde Bad Essen seinen Dienst verrichtete, der Angelegenheit am folgenden Sonntag in seiner berühmte „Hagelpredigt" an, die anschließend gedruckt und fast 6000 mal verkauft wurde. Mit dem Ertrag aus dem Verkauf der Predigt und weitere Geldspenden brachte Siegebiel fest 4.500 Mark zusammen, um die Betroffenen helfen zu können.

„Der Herr hat uns hart geschlagen. Unsere lachenden Felder, auf denen das Korn stand in einer Fülle und Schönheit wie selten, liegen verwüstet. Und wir stehen mit blutenden Herzen davor: Der Herr hat uns zerrissen - wer wird uns heilen? Mir ist bange, dass nicht gleich jeder so viel Glaubenskraft und Treue gefunden hat, dass er wusste: „Der Herr hat uns zerrissen, Er wird uns dauch heilen". Denn mit der Not ist die Sorge eingezogen in viele Häuser: Was werden wir essen? Wovon soll unser Vieh leben? Wie soll ich die Pacht erschwingen? Was wird erst der Winter bringen? Wie lange werden wir an den Schulden tragen, die uns diese Notzeit aufzwingt? ... Warum hat Gott das getan?

Mit diesen Fragen beschäftigt sich Sagebiel in seiner Predigt, versucht Mut zuzusprechen und Kraft zu spenden. Und er spricht vom ersten Unglück des Unwetters, dem sich kein zweites in Form der Abkehr von Gott anschließend dürfe. Denn dies sei weitaus schlimmer, die dabei entstehende Armut viel größer als die aus den Schäden der Unwetters resultierende.

Die im Verlag Franz Schlüter gedruckte und verlegte Predigt kostete seinerzeit 10 Pfennige, mit der Zusicherung, der „Gesamt-Erlös wird den Verhagelten überwiesen".

Scheipers „Stoffer" – ein Bohmter Original

Zur Zeit des Übergangs vom 19. zum 20 Jahrhundert lebten im Wittlager Land noch so einige „Orginale", Menschen, die ihren Zeitgenossen besonders auffielen, weil sie zuweilen mit ungewöhnlichem Verhalten auf sich aufmerksam zu machen wussten. Einer davon war Christoph Scheiper aus Bohmte, der sein Zuhause in einer alten Mühle an der Leverner Straße neben dem Gasthof Riemann hatte.

Es war eine alte Dampfmühle, die etwa im Jahre 1880 erbaut wurde. Der alte, verwitterte Mühlenstein bildete in den späten 1950 Jahren noch als Ruine ein steinernes Zeugnis vergangener Zeiten. Lange noch erzählte man sich in Bohmte Geschichten über den Kauz, der es durchaus zu etwas gebracht hatte. Noch lange machte so manches Anekdötchen von ihm die Runde, und behielt ihn so in Erinnerung. Christoph Scheiper hatte am Ortausgang von Bohmte ein Anwesen gegründet, das zur damaligen Zeit seinesgleichen suchte. Denn „Scheipers Stoffer", wie er im Volksmund genannt wurde, betrieb neben der Dampfmühle noch eine Lohndrescherei und Sägemühle; ebenso unterhielt er eine Schwingmaschine für die Verarbeitung von Flachs. Aber auch auf anderem Gebiet war dieser Mann aktiv. Eine Gastwirtschaft und Bäckerei zählte ebenfalls zu seinem Eigentum. Selbst eine Kegelbahn und ein Kinderkarussell legte sich der rührige Besitzer zu. Es gab fast nichts, womit er nicht handelte. Sein Gewerbe berührte fast alle Branchen: Kolonialwaren, Eisenwaren, Getreide, Kohlen, Kunstdünger, Manufaktur-Kurzwaren und dergleichen mehr. Zudem konnte Christoph Scheiper sich rühmen, der erste Schützenkönig des Schützenvereins Bohmte gewesen zu sein.

Eine spaßige Geschichte, die der mündlichen Überlieferung von älteren Generationen entstammt, wirft einen Blick auf den Charakter dieses Unikums. Wie es in der Erzählung heißt, handelte „Scheipers Stoffer" einst beim Biertisch billig ein Pferd ein. Der Pferdehändler Struß hatte ein Pferd, mit dem nicht mehr viel Staat zu machen war - auf gut deutsch gesagt einen „alten Klepper", und diesen wollte er günstig „an den Mann bringen". Das Bohmter Original feilschte so lange, bis er den „Gaul" für einen Anzug erstand, den er dem Verkäufer zu liefern hatte. Der Anzug sollte in der Farbe braun, ganz wie das Pferd, geliefert werden. Als nun der Pferdehändler nach einiger Zeit seinen Anzug in Empfang nahm, staunte er nicht schlecht und fühlte sich kräftig hereingelegt. Er erhielt zwar, wie abgemacht, einen braunen Anzug - aber Christoph Scheiper, der schlaue Fuchs, hatte ihm einen aus braunem Papier anfertigen lassen.

1902 wurde das Anwesen durch Scheiper verkauft. Später hat es noch mehrfach den Besitzer gewechselt. 1906 brannte das Wohn- und Gaststättengebäude nieder, wurde aber bald darauf wieder neu errichtet. Der Erbauer des Anwesens segnete das Zeitliche in den Vorkriegsjahren. Die Mühle war bis etwa 1930 in Betrieb. Das Inventar wurde nach und nach ausgebaut.

Während der Kriegszeit diente das Mühlengebäude als Kriegsgefangenenlager. Nach dem Kriege wurde es lange Jahre infolge des Wohnraummangels zunächst als Notwohnung benutzt. Später allerdings war es traurig um das einst so stolze Gebäude bestellt, das in den späten 1950er Jahren dem Verfall preisgegeben war und verwahrlost dastand. Die Fenster waren ohne Scheiben, und selbst die Gitter an verschiedenen Fenstern erinnern noch an die Nutzung in der Kriegszeit. Mit dem Gebäude verschwanden auch die Erinnerungen an den Mann, der hier einst so erfolgreich Regie geführt hatte: Scheipers „Stoffel".

Margarineproduktion in Lintorf 1907

Der Name Hamker steht für eine alteingessene Familie im Raum Lintorf. Das freie Bauerngeschlecht der Hamker war seit Jahrhunderten im nahe gelegenen Dahlinghausen ansässig. Als „Hampekers hof to Dahlynghusen — Kirchspiel Lyntorppe" wird der Besitz erstmalig 1455 in den Lehnbüchern der Bischöfe von Osnabrück urkundlich erwähnt.

Beharrlichkeit, Fleiß und nüchtern kluges Planen waren auch das bäuerlich gute Erbe des Gründers der Lintorfer Margarinefabrik. An dem Hof hatte er keinen Anteil. Schon sein Vater hatte sich als nachgeborener, nach niedersächsischem Recht nicht erbender Sohn im benachbarten Wimmer als Kaufmann selbständig gemacht. Und hier wuchs der am 4. September 1881 geborene Heinrich Hamker auf. Schon frühzeitig unterstützte er tatkräftig seinen Vater und muss dabei Umsicht und viel kaufmännisches Geschick bewiesen haben. Denn als im Jahre 1907 die Bauern der Umgebung eine eigene Molkerei gründen wollten, baten sie den damals 25-jährigen, ihr Geschäftsführer zu werden. Heinrich Hamker nahm unter zwei Bedingungen an: die Molkerei sollte ihren Sitz im verkehrsgünstigen Lintorf haben - Lintorf besaß damals bereits eine eigene Postagentur und war Eisenbahnstation, und sie sollte mit einer Margarinefabrik verbunden sein. Die Bauern erklärten sich einverstanden mit den Erwägungen ihres künftigen Geschäftsführers, und so kam es am 10. 4. 1907 im Bröerschen Saal zu Lintorf zur Gründung einer neuen GmbH, mit dem Namen „Hamker & Co." zum Zweck der „Herstellung von Margarine und Nebenprodukten". Zur gleichen Zeit wuchsen neben den Bahngleisen der Station Lintorf die neuen Molkerei- und Fabrikgebäude in die Höhe auf einem Grundstück.

Margarine - und das Anno 1907? Die Idee eines Butterersatzes ging auf Geschehnisse in Paris 1866 zurück. Dort war die Ernährungslage in dem von Kriegen und Revolutionen erschöpften Land denkbar schlecht, die Stimmung der Pariser Arbeiter gefährlich explosiv, so dass der Kaiser Napoleon III. allein zur Festigung der eigenen Position etwas gegen die Not tun musste. Daneben ging es aber auch um die Heeresverpflegung, denn eine hungernde Armee war eine schlechte Stütze für die ohnehin schwache französische Monarchie. Vor allem fehlte es an Butter, die ebenso knapp wie teuer war. Angesichts dieser Situation soll dem Kaiser die Idee gekommen sein, das berühmte Institut de France mit der Erfindung einer „Kunstbutter" zu beauftragen. Der Chemiker Hypolite Mege-Mouries, ein als Außenseiter und Sonderling bekanntes Mitglied dieser Elite des französischen Geisteslebens erklärt sich bereit, das unmöglich Scheinende zu wagen. Aber Mege-Mouries hat das sprichwörtliche Erfinderpech: Er kam zu spät. Inzwischen waren Jahre vergangen. Frankreich hatte den Krieg gegen Preußen verloren, und niemand mehr ist an der Verwirklichung der Idee Napoleons III. interessiert. Als 1871 auf den Pariser Märkten erstmalig Margarine zum Verkauf angeboten wird, stürmen die Menschen empört die Marktstände.

„Wat de Bur nich kennt, fret hei nich!", so sagte man auch im Wittlager Land. Verbittert verkaufte Mege-Mouries sein Patent für 60.000 Francs an einen holländischen Buttergroßhändler, der darin ein günstiges Geschäft witterte. Die Margarine-Produktion lief an. Was die Pariser nach wie vor ablehnten — die Holländer kauften es, wenn auch zögernd, und die Industriearbeiter in den deutschen Städten folgten ihnen. Und diesem Trend folgte auch der junge Heinrich Hamker, der erkannt hatte, dass mit einer Erfindung des deutschen Chemikers Paul Normann, der im Jahre 1902 eine Methode zur Härtung von Pflanzenölen geschaffen hatte, nunmehr ein reichhaltes Rohstoffangebot zur Verfügung stand und der Weg für die Herstellung eines wahrhaft preiswerten Volksnahrungsmittels frei war.

Noch im Herbst 1907 wurde der Betrieb aufgenommen mit Margarineprodukten, die sich in kürzester Zeit einen guten Ruf verschaffen konnten. Bereits 1908 wurde Hamker-Margarine auf der Deutschen Ausstellung für Bäckerei und Conditorei in Hannover mit der silbernen Medaille ausgezeichnet. Der Name Hamker steht seither für Markenprodukte und hat sich mit Marken wie Sana, Hacona und Wiesenmädel zunächst regional, später auch in ganz Deutschland einen Namen erarbeitet. Und Heinrich Hamkers kaufmännischer

Weitblick bestätigte sich: Bereits 1910 musste der Betrieb zum ersten Mal vergrößert werden.

Doch dann kam der Erste Weltkrieg. Er lähmte zunächst die Produktion, die 1915 aufgrund eines Mangels an Rohstoffen ganz eingestellt werden musste. Zwar konnte die Molkerei zunächst noch weiter arbeiten, doch war auch sie gegen Ende des Krieges gezwungen, ihre Tätigkeit vorübergehend einzustellen. Als Deutschland 1919 nach dem verlorenen Ersten Weltkrieg geschlagen am Boden lag, breiteten sich überall wirtschaftliche Schwierigkeiten aus. Das Ende der Margarinefabrik schien, gekommen zu sein. Die Gesellschafter sahen für das Unternehmen keine Zukunft mehr und verkauften ihre Anteile an den Geschäftsführer. So wurde Heinrich Hamker zum alleinigen Inhaber der Fabrik. Und der zähe Wille Heinrich Hamkers, der sein bäuerliches Blut nie verleugnete, schaffte den Aufstieg. Bereits 1921 folgte eine erneute Erweiterung des Betriebes. Weitere bauliche Ergänzungen folgten 1927 und 1929. Einen wesentlichen Abschnitt für das Unternehmen brachte schließlich das Jahr 1938, in dem großzügige bauliche Investitionen vorgenommen werden.

Mit dem Zweiten Weltkrieg schien sich die Geschichte zu wiederholen. Erneut legte der Mangel an Rohstoffen das Werk 1940 still. Erst 1943 wurden ihm, freilich nur sehr beschränkt, wieder Rohstoffe zugeteilt. Damit konnte, wenngleich in kleinem Rahmen, wieder ,produziert werden. Doch auch 1946, als die Situation nach dem Desaster des Zweiten Weltkriegs völlig aussweglos erschien, verzagte Heinrich Hamker nicht, und begann im April 1948 mit dem dritten Neuanfang. Ihm zur Zeite stand nun sein Sohn, der spätere Chef des Werkes. Barmittel waren keine vorhanden, nur ein längst veraltetes Auto lief, vom Maschinenpark ganz zu schweigen. Doch mit dem langsamen Wiederaufstieg Deutschlands begann auch für das Lintorfer Werk eine neue Blütezeit.

Am 29. Juli 1954 starb Heinrich Hamker in dem Wissen, dass er in seinem Sohn Alfred den Menschen gefunden hatte, der das von ihm geschaffene Werk getreu dem Spruch „Was du ererbt von deinen Vätern, erwirb es, um es zu besitzen" weiterführen würde. Und Alfred Hamker enttäuschte dieses Vertrauen nicht. Das Margarinewerk bekam ein neues, modernes Gesicht. Ein nach den damals modernsten Erfordernissen ausgestatteter Maschinenpark schaffte die Voraussetzungen für den Qualitätsbegriff der Hamkerschen Margarine. In den 1950er und 1960er Jahren entwickelte das Unternehmen ein Verkaufsnetz, das sich von der Nordseeküste bis hinab nach Frankfurt und Wiesbaden erstreckte.

Übrigens war Heinrich Hamker nicht der einzige im Wittlager Land, der daran dachte, mit Margarine Geschäfte zu machen. In Wehrendorf versuchte sich auch die „Margarine- und Pflanzenbutter-Fabrik Obermeyer und Steinsiek" ab 1908 mit der Pflanzenbutter „Probella" und der Bäckermargarine „Wera", um 1926 nach wechselhaften Geschäftsleben die Löschung des Unternehmen beim Amtsgericht Bad Essen zu beantragen.

HAKUMAG - Stromerzeugung aus Torf

Das große Moor bildete zu Beginn des 20. Jahrhunderts noch eine bedeutende Torflagerstätte. Wenn inzwischen auch beträchtliche Teile bereits abgetorft sind, so liegen hier auch zu Beginn des 21. Jahrhunderts noch ausgedehnte Vorräte an Weiß- und Schwarztorf, die eine wirtschaftliche Moorverwertung zulassen. Damals lieferte die dort ansässige Hannoversche Kolonisations- und Moorverwertungs-AG ein auf dem Schwarztorf gewonnenes Brennmaterial, das sich durch eine für seine Zeit gute Brennbarkeit auszeichnete. Aus dem übrigen Weißtorf hingegen stellte man Torfmull und Trofstreu sowie Torfzellenplatten her.

Die Hakumag war 1909 mit dem Ziel der Moorkolonialisierung und Torfverwertung als GmbH gegründet. In Schwegermoor war sie damals der einzige größere Industriebetrieb, wobei es in früheren Zeiten keinen größeren Arbeitgeber im Norden des Landkreises Wittlage gab. Angrenzend an Südfelde und Damme war die Hakumag zugleich für den Südoldenburger Raum von großer Bedeutung, etwa bei der Kultivierung des Moores in Campemoor. Der ursprüngliche, auch von Landrat Hans von Raumer (Wittlager Landrat von 1905 bis 1911, späterer Reichsschatzminister) vertretene Vorstellung war es, das Werk auch zur Erzeugung von elektrischem Strom einzusetzen. Aus dem Torf sollte durch Verschwelung schwefelsaures Ammoniak als Stickstoffdüngemittel gewonnen werden. Das bei diesem Verfahren anfallende Gas sollte in einem Elektrizitätswerk verstromt werden. Allerdings schlug der Versuch, hier ein Torfkraftwerk rentabel zu betreiben, aus verschiedenen Gründen fehl. Es war vor allem die geringe Brennstoffproduktion, die für das Scheitern verantwortlich war. Schließlich wurde die Energieerzeugung wieder aufgegeben, und die 1912 gegründete Niedersächsische Kraftwerke Aktiengesellschaft (Nike) übernahm von ihrem neu erbauten Kraftwerk in Ibbenbüren aus die Elektrizitätsversorgung des Wittlager Landes. Unmittelbar nach dem Ersten Weltkriege wurden die Anlagen in Schwegermoor verkauft.

Die Hannoversche Kolonisations- und Moorverwertungs-AG, bis 1923 noch in der Unternehmensform einer GmbH, beschränkte sich fortan auf den Abbau und die Verarbeitung des Torfes. Mit den Jahren entwickelte sie sich zu einem der bedeutendsten Industriebetriebe des Kreises, der von Schwegermoor aus den Nordteil des Großen Moores ausbeutet.

Ursprünglich war das Abtorfen eine harte körperliche Tätigkeit, die mit der Zeit aber immer stärker maschinell ergänzt oder ersetzt wurde. Um 1960 verfügte die Hakumag über 3 große Bagger für die Brenntorfgewinnung, dazu eine Mehrzweckmaschine, ein Sodensammler und ein Greiferbagger. Mit kleinen Lorenzügen wurde der Torf zum Werk zur weiteren Verarbeitung transportiert. Im Werk selbst befand sich eine Brikettierungsanlage, die den Brenntorfabfall zu Torfbriketts formte. Für die Weißtorfgewinnung wurden zwei Stapler im Moor und zwei Pressen im Werk eingesetzt. Der Sodentransport erfolgte im Moor auf ca. 30 km Feldbahngleisen. Für den weiteren Transport standen Lastkraftwagen sowie die Wittlager Kreisbahn zur Verfügung.

Woher das Rabewerk seinen Namen hat

Am Nordrand des Wiehengebirges in Linne grüßen die Dächer des ehemaligen Rabewerks aus den Wiesen und Feldern der Angelbecker Mark. Das einst für das Wittlager Land bedeutsame Werk, das heute noch als Rabe Werk von der Grègoire-Besson GmbH betrieben wird, liegt zwischen den Dörfern Rabber (dem einstigen Wohnsitz des Werksgründers), nach dem das Rabewerk benannt ist, und Linne, etwa 200 Meter vom Bahnhof Rabber entfernt, und wird nach wie vor in einer Länge von 350 Metern vom Gleis der Wittlager Kreisbahn berührt.

Seinen Namen verdankt das Werk einer merkwürdigen Ortsbezeichnung. Wie es zu der Bezeichnung „Rabewerk" gekommen ist, hat uns Heinrich Clausing in eigenen Worten hinterlassen. Wie er erläutert, wurde beim Abbruch der alten Kapelle in Rabber ein Balken mit der Inschrift „Einst Rabenort, heut' Gottes Wort" freigelegt. Aus dieser Inschrift entstand die Vermutung, dass in früheren

Zeiten vielleicht in der einstmals waldigen Niederung bei Rabber viele Raben gehorstet haben. Der frühere Name von Rabber, nämlich Retbere, deutet ebenfalls an, dass hier einmal ein ret (gleich Ried, Sumpf) und bere (gleich Wald) zu finden waren. Vielleicht war aber auch mit „Rabenort" eine Wotan geweihte Stätte gemeint, galt doch der Rabe bei den alten Germanen als prophetischer Vogel. Darauf jedenfalls hat Heinrich Clausing hingewiesen. Wotans Boten waren, wie es in der Göttersage heißt, die Raben Munin und Hugin, d.h. Sinn und Verstand. „Um diese geschichtliche Überlieferung lebendig zu erhalten, gaben wir unserem Unternehmen den Namen Rabewerk. Der schwarze Vogel, der sich mit Vorliebe in der Nähe des Pfluges aufhält, wurde das Gütezeichen für unsere Pflüge und landwirtschaftlichen Maschinen."

Ebenso wie der Name, so knüpfte auch das Werk selbst an eine ehrwürdige Tradition an. Seit dem Mittelalter hatte der Schmied Pflüge, Sicheln, Sensen und Hacken geschmiedet. Er war damit der älteste Handwerker in der dörflichen Gemeinschaft. In Rabber trat um Fünfzehnhundert zum ersten Male der Name „de smeth" auf. Auch das Rabewerk ist aus dem urwüchsigen Schmiedehandwerk hervorgegangen. Schon auf dem Clausingschen Bauernhöfe in Holstenmündrup stand eine Schmiede. Gleich seinen Vorfahren war auch der Vater des Gründers, Johann Friedrich Clausing, ein Meister der Schmiedekunst. 1889 heiratete er eine geborene Huge aus Rabber und setzte in der Heimat der Frau in einer vorhandenen Schmiede sein Handwerk in erweitertem Umfang fort. Hier widmete er sich immer mehr dem Bau von Pflügen und sonstigen Ackergeräten. In den Jahren 1900-1923 entstanden außer kleineren Pflügen für den örtlichen Bedarf auch Häckselmaschinen, Göpel und Breitdreschmaschinen. Ferner betrieb er einen regen Handel mit Landmaschinen aller Art. Durch Fleiß und Tüchtigkeit erwarb er sich einen guten Ruf. Die Landwirte hörten gern seinen Rat in allen Fragen der Landmaschinen-Verwendung.

Es lag daher nahe, dass sein Sohn Heinrich Clausing den technischen Beruf einschlug. So erhielt noch Heinrich Clausing in der väterlichen Werkstatt seine erste praktische Ausbildung. Er vervollständigte sie nach der Lehrzeit in Werkzeug- und Maschinenfabriken. Darauf besuchte er mit gutem Erfolg die Staatliche Ingenieurschule in Dortmund. Dampfturbinen, Großkondensations- und Kokerei-Anlagen gehörten zu den Arbeitsgebieten des jungen, strebsamen Konstrukteurs. 1923 kehrte Heinrich Clausing nach Rabber zurück, um sich zukünftig dem Landmaschinenbau zu widmen. Zu jener Zeit arbeiteten außer dem Vater und Bruder noch etwa fünf Gesellen und Lehrlinge in der Werkstatt von Rabber, aus der das urspüngliche, zusammen mit dem Bruder geführte „Rabewerk" (das spätere „Niedersachsenwerk") hervorgehen sollte, das 1934 in der Nähe des Rabber Bahnhof errichtet wurde. Doch schon 1936 fasste Heinrich Clausing den Entschluss, auf einem noch größeren Gelände in der Feldmark Linne ein Werk mit allen technischen und sozialen Einrichtungen erstehen zu lassen. Schließlich kam es zur Trennung der Brüder Friedrich und Heinrich Clausing. Im Herbst 1937 lagen dann die vom Architekten Schünemann, Osnabrück, ausgearbeiteten Baupläne genehmigt vor. Am 1. Juni 1938 wurde das neue Werk in Betrieb genommen, in dem Heinrich Clausing, fortan als alleiniger Besitzer und Inhaber, unter dem Namen der alten Firma Klausing Rabewerk, Sitz Linne, den Landmaschinenbau fortsetzen konnte.

Reinhold Tiling - Raketenpionier in Arenshorst

Reinhold Tiling, deutscher Erfinder und Raketenpionier, lebte von 1929 bis zu seinem Tode 1933 in Arenshorst bei Bohmte. Er war am 13. Juni 1893 im fränkischen Absberg als Sohn eines Pastors geboren worden und wurde kurz nach Beginn seines Maschinenbau- und Elektrotechnikstudiums 1914 zum Militär eingezogen. Hier meldete er sich 1915 freiwillig als Flieger zur neu entstehenden Luftwaffe, wo er zunächst als Pilot eines Beobachtungsflugzeugs in Erscheinung trat. Zeitweise diente er später auch als Schlachtflieger, und zweimal wurde er in großer Höhe von feindlichen Jägern abgeschossen, ohne dabei selbst großen Schaden zu nehmen. Nach dem Krieg machte sich Tiling dann einen Namen als Kunstflieger mit gewagten Flugvorführungen, bevor er 1924 Flugleiter auf dem Flugplatz Netter Heide in Osnabrück wurde, mit dem Ziel, dort einen regulären Flughafen aufzubauen.

Als zu erkennen war, dass der Osnabrücker Flugplatz für eine dauerhafte Nutzung durch den Linienverkehr nicht geeignet war, wandte sich Tiling zunächst nebenberuflich der Raketentechnik zu und begann 1928, mit Raketen zu experimentieren. 1929 stellte Gisbert Freiherr von Ledebur Tiling auf seinen Schloss Arenshorst in Bohmte bei Osnabrück eine Werkstatt zur Verfügung, wo er fortan seine Studien betrieb. Mit großem Erfolg fand bereits im Juni des Jahres eine erste Flugvorführung für Vertreter aus Wirtschaft und Verwaltung statt, wobei Tilings Rakete eine Höhe von etwa 1000 Metern erreichte, woraufhin ihm das Land Oldenburg ein größeres Experimentierfeld auf der Insel Wangerooge zur Verfügung stellte. Seinen bis dahin größten Erfolg in der Öffentlichkeit erzielte Tiling mit dem ersten Start einer „Postrakete" am 15. April 1931 auf dem Ochsenmoor am Dümmer. Dabei beförderte die Rakete 188 Postkarten einige Minuten durch die Luft und landete mit ihnen in der Nähe des Startplatzes unversehrt. Es folgten weitere Starts, unter anderem beim „1. Osnabrücker Raketenflugtag" auf der Atterheide am 21. August 1932.

Es war Tilings Vision, mit Raketen reguläre Post zum Beispiel auf die Nordsee-Inseln zu befördern. Später einmal sollten es dann Menschen sein in einer Großrakete, die ähnlich dem heutigen Space-Shuttle der NASA starten und landen können sollte. Die Raketen, die er entwickelte, erwiesen sich als zuverlässige und leistungsfähige Feststoffraketen, was ihm nicht nur zahlreiche Patente auf neuartige Konstruktionen, sondern auch große Beachtung in Deutschland und darüber hinaus einbrachte.

Am 10. Oktober 1933 kam es dann in seiner Werkstatt zu dem tragischen Unglücksfall. Beim Pressen des Pulvers zum Füllen einer Rakete kam es zu einer furchtbaren Explosion, die nicht nur Reinhold Tiling, sondern auch seine Assistentin Angela Buddenböhmer und seinen Mechaniker Friedrich Kuhr mit in den Tod riss. Alle drei erlagen ihren schweren Verletzungen am Folgetag des Unglücks. Der Arbeit Tilings wurde für einige Jahre noch von seinem Bruder fortgesetzt. Trotz eines gewissen Interesses der Wehrmacht an der Forschung musste die Arbeit im November 1939, kurz nach Beginn des Zweiten Weltkriegs, auf staatliche Anweisung beendet werden. Das Besondere an Reinhold Tilings Raketen war die Funktionsweise seiner Flugkörper.

Bei der Entwicklung seiner Orignalmodelle ging er zwei Fragen nach. Zum einen wollte er herausfinden, wie man eine Rakete wieder sicher und unbeschädigt auf den Boden zurück bringen kann, und zweitens galt sein Interesse der Frage, wie man eine möglichst lange Brenndauer bei möglichst wenig Treibstoff erreichen kann.
Die praktische Antwort auf beide Fragen sah er im so genannten Raketenflugzeug, bei dem nach der Beendigung des Höhenfluges zwei Flügel ausklappten, die zuvor als Leitwerk dienten, nun aber im rechten Winkel von der Rakete abstanden und diese dann wie ein Segelflieger zur Erde gleiten ließen. Bei einem weiteren patentierten Raketentyp, dem so genannten Kreiselflugzeug, spreizte sich nach der Beendigung des Höhenfluges das Leitwerk propellerartig ab, und die Rakete rotierte, was sie letztendlich abbremste. Um Problem mit der Brenndauer zu lösen, revolutionierte Tiling die bis dahin bekannte Technik der Pulverraketen. Als Feuerwerksraketen konnten diese keine hohe Schubkraft entwickeln. Ihre Pulverladung hatte zwar eine relativ lange Brenndauer, aber

einen geringen Schub. Mit einer durchgehenden Bohrung im Pulver, der sogenannten „Seele", ließ sich ein weit höherer hohen Schub bei kürzerer Brenndauer erzielen. Um ein Optimum an Schubkraft und Brenndauer zu erreichen, kombinierte Tilting beide Prinzipien des Antrieb für Feststoffraketen in dem nach ihm benannten „Tiling-System", dass er sich im Jahr 1933 noch vor einem tragischen Unfall als Mehrkammerrakete patentieren ließ.

Der Stein am „Born"

Auf dem Born, einem Berggipfel im Wald von Bad Essen, steht seit über 100 Jahren ein „Eichendorff-Denkstein", auf dem erst voreinigen Jahren eine Plakette angebracht wurde, um den vorbeikommenden Wanderer darüber aufzuklären, von wem der Ausspruch ist, der auf den Stein ziert. Wie sich herausgestellt hat, gab es bereits 1910 auf dem Born einen solchen Gedenkstein, der wohl durch das Werk Joseph von Eichendorffs inspiriert wurde, einem bedeutenden Lyriker und Schriftsteller der deutschen Romantik, der zwischen 1788 und 1857 in Oberschlesien lebte. Er zählt zu den meistvertonten deutschen Dichtern und hat auch heute noch viele Bewunderer.

Zahlreiche seiner Gedichte wurden vertont und oft gesungen, so auch „O Täler weit, o Höhen". Typisch für viele Werke Eichendorffs ist, dass sie aufgrund seiner eigenen starken Bindung zum Glauben häufig in einem religiösen Zusammenhang stehen. Man vermutete, das dass der Gedächtnisstein ursprünglich im Zusammenhang mit der Eröffnung des Waldhotels anno 1907 und dem gleichzeitigen 50. Todesjahr Eichendorffs stand. Und wer heute hinter dem ehemaligen Waldhotel durch den Wald Richtung Christianshöhe wandert, der kommt zum Eichendorff-Stein, der ähnliche Zeilen wie die vierte Strophe aus Nr. 6 der Gedichtgruppe „Der wandernde Musikant" von 1826 trägt: „O Lust, vom Berg zu schauen. Weit über Wald und Strom, Hoch über sich den blauen, tiefklaren Himmelsdom!" Die Inschrift auf dem Born-Stein lautet in Abwandlung „O Lust vom Born zu schauen, weit über Wald und Feld, hoch über uns das weite, tiefblaue Himmelszelt".

In früheren Zeiten konnte man vom Born aus in die norddeutsche Tiefebene vor dem Wiehengebirge blicken. Lange Jahre war der Born ein kahler Berg, der eine gute Aussicht garantierte. Noch in den 1960er Jahren lag nördlich und nordwestlich des Borns lediglich ein niedriges Gestrüpp mit Birken und kleinen Tannen, kaum höher als 3 Meter. Doch haben die Pflanzen in den vergangenen Jahrzehnten eine Größe angenommen, dass heute von einem Rundum-Ausblick am Gedächtnisstein kaum mehr die Rede sein kann. Vielmehr ist der heutige Born völlig zugewachsen, und auch die kleine Eiche, die auf alten Fotografien zu sehen ist, hat sich zu einem ansehnlichen Bau entwickelt.

Der Begriff „Denkstein" stammt von einer alten Fotoaufnahme, die „Opa Rögge" vom Waldhotel zusammen mit dem Kurgast H. Gerke aus Bremen am Stein auf dem Born zeigt. Und auf dem Bild, das im Juli 1910 von dem Osnabrücker Fotografen H. Drewes aufgenommen worden ist, steht auf der Rückseite eine Bemerkung, der nicht nur das Datum der Aufnahme zu entnehmen ist, sondern eben auch die Tatsache, dass der Stein damals als „Denkstein" bezeichnet wurde.

Denksteine, dass sind im Sprachgebrauch von Steinmetzen Einzelanfertigungen zum Gedenken an verblichene Personen. Ebenso wird das Wort als Synonym für Denkmal, Gedächtnisstein oder Mahnmal. Denksteine haben also nichts mit Denken zu tun, sondern mit „Gedenken". Welchem Gedenken dieser Stein allerdings gesetzt worden ist, lässt sich heute nicht mehr sagen. Das hat nicht zuletzt auch damit zu tun, dass niemand mehr weiß, wann der Stein überhaupt aufgestellt worden ist. Eine mögliche Erklärung stellt den Denkstein in einen Zusammenhang mit der Eröffnung des Waldhotels anno 1907 und dem gleichzeitigen 50. Todesjahr Eichendorffs.

Doch ob der Stein überhaupt bereits zu diesem Zeitpunkt oder erst später von Gästen des Waldhotels aufgestellt worden ist, weiß niemand. Aus dem Jahr 1910 ist zudem eine kleine Zeitungsnotiz überliefert, der zufolge Kurgäste aus dem Waldhotel den Stein auf dem Born, von dem man damals wohl eine herrliche Fernsicht gehabt haben muss, aufgestellt haben. Dies jedenfalls berichtet das Wittlager Kreisblatt am 20. August des Jahres, wobei der Tag des Aufstellens auf den 20. Juli 1910 datiert wird. Das Fotodokument zeigt uns überdies, dass der damalige Gedenkstein nicht identisch war mit dem heutigen Granitblock. Auch war seine Inschrift noch näher am Eichendorff-Originaltext als die heutige Inschrift. Damals hieß es noch „Oh Lust, vom Born zu schauen, weit über Flur und Feld, hoch über uns das blaue, tiefklare Himmelszelt", während auf seiner Rückseite das Aufstelldatum eingraviert gewesen sein soll.

Die 2009 vom Bad Essener Musiklehrer Wilhelm Kramer und dem Verschönerungsverein Bad Essen angebrachte Plakette erinnert daran, dass das Gedicht „Reiselied. Durch Feld und Buchenhallen" von Joseph von Eichendorff der Inschrift zur Vorlage gedient hat, sowie daran, dass aus der ursprünglichen Anlage die doppelstämmige Eiche auf dem Born überlebt hat. So heißt es auf der Plakette „Angeregt durch jüngste Quellenfunde erhält dieses bislang anonyme Kleindenkmal auf dem Born heute seinen Namen: Eichendorff-Denkstein. Verschönerungsverein Bad Essen, 20. Juli 2009."

Die Wehrendorfer Dorfglocke

Dorfglocken machten die Bevölkerung früher mit Trauergeläut darauf aufmerksam, wenn einer aus ihrem Kreis verstorben war. Sie riefen zur nachbarschaftlichen Hilfeleistung, wenn Not am Mann war oder wenn es im Ort brannte. Damit hatten sie eine wichtige Funktion im Dorfleben auch des Wittlager Landes. Manche Dorfglocken läuteten auch das neue Jahr ein, riefen zu Bürgerversammlungen.

In Wehrendorf stand die Dorfglocke früher am Tie. Das ist dort, wo sich in alten Zeiten die stimmberechtigten Einwohner des Dorfes trafen, um gemeindliche Angelegenheiten zu regeln. Protokollbücher erwähnen im Jahr 1864 den Auftrag für die Herstellung einer neuen Glocke. Die alte Glocke hing damals wohl in einem Anbau des Steinkerschen Hauses in unmittelbarer Nähe zum Tieplatz. Und der befand sich dort, wo die Landstraße nach Schledehausen nach Bohmte die durch den Ort führende Osnabrück-Mindener Chaussee kreuzte. 1872 wurde dem Gastwirt Steinker das Gelände des alten Tieplatzes verkauft, und die Ortgemeindeglocke ein Stück versetzt auf die Kreuzung selbst.
Straßenbauliche Veränderungen im Zuge der Anlegung des Mittellandkanals führten dann dazu, dass die Glocke nunmehr auf einem dreieckigen Platz stand, der rundum von Straßen umgeben war. Was war passiert? Die alte Verbindung nach Bohmte, die über die alte Dorfstraße und die Masch geführt hatte, war unterbrochen worden. Wer mit einem Fuhrwerk vom Wehrendorfer Berg kommend nach Bohmte wollte, musste nun hinter der Abbiegung ganz scharf rechts einschlagen, um zur Kanalbrücke zu gelangen. Um der Abbiegung dies Schärfe zu nehmen, wurde eine Verschwenkung über den Dorfplatz vor der Glocke her beschlossen, so dass diese auf einmal auf einer Verkehrsinsel stand, wie auf dem Foto zu sehen ist.

Am 13. Juli 1917 musste die Wehrendorfer Glocke abgeliefert werden, um eingeschmolzen zu werden. Es dauerte bis zum Jahr 1922, bis wieder eine Glocke am Glockenbaum hing. Und die hatte dann einen Riss und musste wieder ausgetauscht werden, was sich bis 1924 hinzog, da eine Einigung mit der Firma Korfhage, die die defekte Glocke geliefert hatte, nicht so schnell zustande kam. Am 24. März 1924 war es dann wieder so weit: Glockengeläut drang durch den Ort, und die Glocke wurde zünftig eingeweiht, „gut geschmiert vom braven Mundschenk Schwanhold", wie es in den Akten heißt. Als 1955 mit den Arbeiten zur Begradigung der B 65 begonnen wurde, musste auch die auf unserem Bild zu sehende Dorfglocke der Straßenplaung weichen.

Am Feuerwehrgerätehaus des Ortes fand sie ihren neuen Platz, wo sie seit 1962 ihren Dienst tut. Mittlerweile wird sie auch nicht mehr von Hand geläutet, sondern verfügt über einen elektrischen Antrieb.

1954 wurden wir Fussballweltmeister in Bad Essen

Als Deutschland am 4. Juli 1954 in Bern des Titel des Fussballweltmeisters errang, weilte eine Berliner Schulklasse in Bad Essen. Mit von der Partie war der Schüler Eberhard Zuckmantel, der anschließend einen Bericht über die Klassenfahrt anfertigte. Er erinnerte sich noch später daran, wie die Jungs in Bad Essen das „Wunder von Bern" erlebten, auf einem altersschwachen Radio im Schullandheim. Genau dieses Radio hatte am Abend vor dem Endspiel seinen Geist aufgegeben, weil es als Verstärker für die Gitarre einer kleinen 3-Mann-Band benutzt worden war. Als sich die eigenen Reparaturversuche nur wenig erfolgreich zeigten, konnte das Gerät in einem nahegelegenen Fachgeschäft um die Ecke rechtzeitig wieder in Stand gesetzt werden, da hier der notwendige Ersatz für das defekte Bauteil sofort verfügbar war.

In seinen Erinnerungen beschreibt Zuckmantel den Aufbruch der Jungen in Berlin. „Unser Bus rollte durch Berlin. Mit Stadtgeschwindigkeit fuhren wir durch Lankwitz, Lichterfelde und Zehlendorf, über die Avus in Richtung Westen. Am Kontrollpunkt Dreilinden sahen wir die großen Milchwagen, die die Milch von weither nach Berlin brachten. Auf der Autobahn fuhr unser Wagen nun mit voller Geschwindigkeit dahin. Märkische Landschaft zog an uns vorbei, und die Wegschilder trugen noch bekannte Namen: Babelsberg, Potsdam,

Werder. Kiefernwälder wechselten mit Getreidefeldern, auf denen hier und da schon mit der Ernte begonnen wurde. Auf der Gegenbahn brausten dumpf rollend die schwerbeladenen Überlandlaster in Richtung Berlin. Ab und zu überholte uns ein eiliger Privatwagen. Wir waren in vorsichtiger Fahrt über die lange, behelfsmäßige Elbbrücke gerollt und hatten dann die Kontrolle in Helmstedt überstanden."

Es folgten der Aufenthalt an der Zonengrenze in Helmstedt, wo ein Schnappschuss an einem Imbiss enstand. „An Hannover fuhren wir südlich vorbei. Als wir die Autobahn verließen und auf einbahnigen Landstraßen fuhren, musste der Fahrer die Geschwindigkeit verringern. In manch einer kleinen Ortschaft musste sich unser Bus langsam durch enge Straßen hindurchwinden. ... Die nächste Stadt ... war Minden. Nachdem die Stadt hinter uns lag, sahen wir die Porta Westfalica. Dunkel hob sich das Kaiser-Wilhelm-Denkmal gegen den grauen Himmel ab. Zwischen den Bergen - wie durch ein riesiges Tor - strömte die Weser in die Norddeutsche Tiefebene. Die Wälder auf den sanft geschwungenen Hügeln waren oft von großen Lichtungen unterbrochen. Schließlich tauchte das Ortschild Bad Essen an unserer Straße auf", so heißt es in dem Aufsatz des Schülers Zuckmantel, der von seiner Deutschlehrerin im September 1954 mit einer „Eins" bewertet wurde.

Ein Erinnerungsfoto zeigt die Klasse bei Ihrer Ankunft vor dem Bremer Schullandheim. Nach langer Reise kletterten die Jungen aus ihrem Bus und standen vor dem schönen Fachwerkbau, der früher einmal ein Hotel beherbergt hatte. Am Eingang des Heimes empfingen sie die Heimeltern, Herr und Frau Schmidt. Die Jungen musterten das Haus und fragten sich, hinter welchem der vielen Fenster wohl ihr Zimmer lag. In vorher bestimmten Gruppen wurden sie schließlich auf die Räume verteilt. Und nachdem sie ihre Sachen ausgeräumt hatten, schrieben die meisten eine kurze Nachricht nach Hause. Anschließend brachten sie die Briefe gleich zur Post. So hatten sie sofort Gelegenheit, sich etwas in dem verträumten Kurort umzusehen. Eines der noch vorhandenen Fotos zeigt die Klasse bei einem ihrer vielen Ausflüge im Ort am Brillengeschäft des Optikers Groneweg.

„Bad Essen", so schrieb es E. Zuckmantel damals in einem Schulaufsatz, „hat viele schöne Fachwerkhäuser, eine Bauart, die wir oft in dieser Gegend antrafen. Mit langsamer Fahrt fuhr unser Bus durch die anfangs breite Hauptstraße und musste sich dann vorsichtig durch enge Gassen bis zu unserem Heim hindurchwinden". Ausführlich beschreibt der Schüler in dem erhalten gebliebenen und mit der Note „eins" bewerteten Aufsatz, wie sich der Ort damals einem Jungen aus der Großstadt Berlin dargestellt hat. „Bad Essen und seine Umgebung lernte ich bei Wanderungen und Spaziergängen kennen. Der Ort liegt am Fuße des Wiehengebirges, einem Ausläufer des Wesergebirges. Von einer nahen Höhe konnte ich Bad Essen überblicken: in der Mitte des Ortes sah ich die Kirche, die Hauptstraße führte daran vorbei und verlief weiter in Richtung Wittlage. Unser Landheim konnte ich entdecken und auch die alte Mühle, die Kuranlagen und weiter draußen den Mittellandkanal. Die natürlichen Solequellen, die in Bad Essen von einiger Zeit erbohrt wurden, werden für Heilzwecke ausgenutzt. Ihnen verdankt diese Kleinstadt die Entwicklung zum Kur- und Badeort. Da wir auch Kurtaxe bezahlt hatten, wollten wir natürlich die Heilkraft der Quelle probieren und gingen zur Trinkhalle, um mit geschlossenen Augen die „Salzbrause" zu trinken. Für die Kurgäste ist auch ein Badehaus da, wo viele Kranke durch Bäder ihre Gesundheit stärken können. Es ist kein regelrechtes Kurhaus vorhanden, die Kurgäste wohnen in den Hotels. Aber nicht nur durch Bäder und Sole, sondern auch in der würzigen, frischen Waldluft kann man sich gut erholen. Ich durchstreifte oft mit ein oder zwei Freunden die Wälder und Wiesen … Oft hatte ich eine schöne Aussicht auf wogende Kornfelder, eine kleine Ortschaft, das flache Land, oder die sich anschließenden Hügelketten". Man erkennt aus diesen Worten, wie sehr der Berliner Junge von den doch so anderen Verhältnissen in Bad Essen fasziniert war.

Sie durchstreiften oft mit einem oder zwei Freunden die Wälder und Wiesen auf den nahe gelegenen Höhen. Dabei genossen sie die Aussicht auf wogende Kornfelder, die kleine Ortschaft, das flache Land oder die sich anschließenden Hügelketten. „Bis zu den nächsten Städten, z.B. Osnabrück oder Bohmte, konnte man nicht sehen, aber ich konnte dem Lauf des Mittellandkanals folgen. Er zog sich wie ein grau-grünes Band durch das bebaute, fruchtbare Land. Viele Brücken überqueren diesen wichtigen Verkehrsweg, auf dem lange Schleppzüge und breite Lastkähne verkehrten. Bei meinen Wanderungen legte ich mich gern einmal der Länge nach ins Gras, um auszuruhen. Dann konnte man die ziehenden Wolken verfolgen oder die Tiere beobachten, die den Wiesenboden am Waldrand belebten. Käfer und Ameisen kletterten über Mooskissen und schleppten schwere Lasten. Ich hatte dies schon oft beobachtet, aber immer wieder musste ich die Ausdauer und Geschicklichkeit der kleinen Tiere bewundern. Sie schleppten Borke- und Zweigstücke, so groß wie ihre Körper und größer; mitunter teilten sich zwei die Arbeit. Bei Wanderungen durch den schönen Mischwald sah ich oft an großen, schlank gewaschsenen Tannen empor oder stand staunend unter der mächtigen Krone einer alten knorrigen Eiche. Die

Umgebung Bad Essen ist so abwechselungsreich, dass ich bei jedem Spaziergang etwas Neues entdeckte...", hat Zuckmantel in seinen Aufzeichnungen festgehalten, ebenso wie sein Fazit, das den positiven Eindruck bestätigt, den das verschlafene Nest Bad Essen damals auf die Großstadtkinder hinterlassen hat. „Der Aufenthalt in Bad Essen mit der schönen Umgebung, weitab vom Großstadtlärm, hat mir Erholung und viele neue Erlebnisse geboten. An diese letzten großen Schulferien werde ich immer gerne zurück denken." Und dass er dies tatsächlich auch tat, zeigte Zuckmantel, als er den Ort anlässlich der Niedersächsischen Landesgartenschau 2010 zusammen seiner Ehefrau und mit einigen Freunden ein Besuch abstattete, nicht zuletz der guten Erinnerungen wegen.

Die letzte gelbe Post im Wittlager Land

In alten Zeiten wurde das Wittlager Land von Postkutschen durchquert, die sich auf dem Weg von Osnabrück nach Bremen befanden oder über Minden und Hannover und Berlin ansteuerten. Von Bohmte aus fuhren sie Richtung Hunteburg/Damme oder über Bad Essen und Wittlage nach Lübbecke. Die Haltestelle war dort, wo später der Bahnhof gebaut wurde und heute die Gaststätte „Zur Post" an den einst regen Verkehr erinnert.

Seit längerem bereits ist das Bohmter Postgebäude geschlossen. Lange Zeit war dort die Post des Wittlager Landes angekommen und verteilt worden, doch dann fiel die Entscheidung, mit dem Postverteilzentrum nach Wehrendorf zu ziehen. Die alte Bohmter Post steht seitdem ungenutzt leer, und zum 19. August 2008 gesellt sich die Bad Essener Postfiliale hinzu, auch wenn dort zunächst die Postfächer verbleiben. Das Gebäude hatte seinerzeit die 1965 in etwa 100 Meter Entfernung abgerissene „Kaiserliche Post" ersetzt.

Bis ins 19. Jahrhundert hinein hatte sich eine Post entwickelt, die mehrere Dienstleistungen auf ihren Strecken anbot. Die Beförderung von Briefsendungen war nur eine davon, ebenso wurden Waren und Personen auf den Postlinien transportiert. Die Postkutsche stellte für die Reisenden dieser Zeit das allgemein gebräuchliche Verkehrsmittel dar. Die bestehenden Postnetze beförderten zwar Briefe und Warensendungen, doch ein Zustelldienst, wie man ihn heute kennt, musste erst noch geschaffen werden. In jenen Jahren war es noch der Empfänger selbst, der auf der Postanstalt nachzufragen hatte, ob unter den dort ausgestellten Karten und Briefen eine(r) für ihn bestimmt war.

Im Zuge der deutschen Reichsgründung wurde 1871 ein Postgesetz für das Reichsgebiet erlassen, das Aufgaben und Dienste der Post regelte. Schlusspunkt dieser Entwicklung war eine Art Monopolbildung der Reichspost. 1899 nämlich wurden alle anderen gewerbsmäßig betriebenen postähnlichen Einrichtungen verboten, und es entstand die Einheitspost – mit einem allgemein geltenden Postgesetz und -gebühren. Im Zuge dieser Entwicklung folgte die Einrichtung von Niederlassungen der „Kaiserlichen Reichspost" in Ostercappeln, Bad Essen und Wittlage, die bis 1919 auch diesen Namen trugen, lange bevor sie zur „Deutschen Post" wurde. Der größte Teil des Altkreises Wittlage gehörte seinerzeit dem Postamtsbezirk Bohmte an. Die Gemeinden Bad Essen, Harpenfeld, Lockhausen und der Ortsteil Rattinghausen der damaligen Gemeinde Hüsede bildeten den Postamtsbezirk Bad Essen. Im Westen des Altkreises wurden die Gemeinden Niewedde, Vorwalde und Teile von Broxten dem Postamtsbezirk Osnabrück zugeschlagen. Alle drei Postämter unterstanden der Oberpostdirektion in Bremen. Zweigpostämter befanden sich in Hunteburg, Ostercappeln und Wittlage. Zum Postamtsbezirk Bohmte gehörten darüber hinaus über 20 Poststellen unterschiedlicher Ausprägung, zu Bad Essen eine in Rattinghausen. Damit hatte die Post eine Verbreitung mit Filialen und Zweigstellen, die sich noch bis in die 1960er Jahre wie ein Netz über den gesamten Landkreis Wittlage erstreckte. In jenen Jahren lagen postalische Dienste fest in den Händen von Post und Bahn, beides staatlich betriebene Einrichtungen, besetzt mit Beamten. Manch einer erinnert sich sich noch an die Warteschlangen vorm Postschalter sowie an einem vom Publikum mitunter nicht nachvollziehbaren behördlichen Bürokratismus, „Dienst nach Vorschrift", wie es so schön hieß.

Die alte Kapelle von Rabber, die einen Balken mit der Inschrift „Einst Rabenort, heut' Gottes Wort" trug.

Opa Rögge und ein Gast am Denkstein 1910 oben auf dem Born im Wald von Bad Essen.

Blick auf die Verwüstungen des großen Hagel-Unwetters von 1903 auf dem Kirchplatz in Bad Essen, die einige entwurzelte Bäume und zerborstene Fensterscheiben mit sich brachten.

Die letzte Postkutsch-Verbindung des Wittlager Landes schloss die Ortschaft Venne an den Bahnhof in Vehrte an.